René Fallet

Le beaujolais nouveau est arrivé

Denoël

Fils de cheminot, René Fallet est né en 1927 à Villeneuve-Saint-Georges. Il travaille dès l'âge de quinze ans. En 1944, à moins de dix-sept ans, il s'engage dans l'armée. Démobilisé en 1945, il devient journaliste, grâce à une recommandation de Blaise Cendrars qui a aimé ses premiers poèmes.

Il a dix-neuf ans quand il publie, en 1946, *Banlieue Sud-Est*. René Fallet a su construire, depuis, une œuvre, couronnée en 1964 par le Prix Interallié pour *Paris au mois d'août*. Ses romans ont inspiré de nombreux films : *Le triporteur, Les Pas Perdus, Les vieux de la vieille, La Grande Ceinture (Porte des Lilas), Paris au mois d'août, Un idiot à Paris, Il était un petit navire (Le drapeau noir flotte sur la marmite)*, et le présent roman, *Le beaujolais nouveau est arrivé*.

Le beaujolais nouveau est arrivé
est dédié à

GÉRARD PUSSEY

ainsi qu'à un jeune inconnu rencontré le 13 septembre 1966 en haut du mont Cenis. Ce garçon, sac au dos, allait seul comme le chat de Kipling. Il n'arrêtait pas les voitures, ne demandait rien à personne. Je ne l'ai pas oublié.

Je n'oublie pas non plus de saluer, pour l'occasion, un honnête homme qui nous redonne le goût du vin, j'ai nommé LUCIEN LEGRAND, épicier à Paris.

R. F.

« *Je suis un vieux Peau-Rouge qui ne marchera jamais dans une file indienne.* »

Achille Chavée

CHAPITRE PREMIER

— Trois masques à gaz entrèrent au « Sweet Caboolaw » pour y arroser l'an 2000...

De grume pour la taille, d'agrume pour le nez, coquettement ombré chaque jour d'une barbe de trois jours, un pépère de type classique pêchait dans la Marne, au confluent des égouts de l'hôpital.

L'étrave d'une péniche fendait un iceberg de vieux pots de yaourt. Quelques baigneurs en scaphandre autonome pataugeaient avec délices dans les flots vert-de-gris. Un noyé zigzaguant passa, coiffé d'un rat fainéant.

Assis sur un pliant, Adrien Camadule était chaussé sans cérémonie de ces vastes et quiètes pantoufles à carreaux inventées par les docteurs Witchitz et Viville, les deux cerveaux du pied sensible. Rêvasseur de banlieue, Camadule appréciait autant le confort que la méditation.

Le flotteur de sa ligne sombra sous un édredon de cette mousse crémeuse et fumeuse abondamment produite, en amont, par l'usine des engrais « Beaugarden and Co ». La raison sociale de cette firme animée par des Borgia périphériques venait d'inspirer son futuriste « Sweet Caboolaw » à Camadule.

13

Car, pour tuer le temps qui coule, l'homme aux pantoufles hygiéniques trouvait du plaisir à se représenter ceux qui viendraient dans vingt-cinq ans. Il ne les voyait guère couleur de fraîche, espiègle et ferme fesse de lycéenne. Il cultivait le pessimisme, qui est la distraction préférée des quinquagénaires, surtout lorsqu'ils sont bien sonnés, bons pour la casse, un pied dans la tombe mais l'autre dans le plat.

— Et qu'est-ce qu'on s'enfile, au « Sweet Caboolaw »? Plus une goutte de jaja, en France. Plus une larme de Beaujolpif. Rasé, Saint-Amour! Juliénas, c'est Oradour! La vigne, tous ceps en l'air sous le mercure, raide fil de fer sous le neutron, grillée Jeanne d'Arc au chlore chlorypâteux! Les fils de vignerons, recyclés, ramassent les poubelles dans les aurores blettes. Les Mauritaniens se les coltinent plus, les trognons, depuis qu'ils flottent sur le pétrole comme tout le monde sauf l'Occident. Ça donne qu'en l'an 2000 on s'envoie plus que du tutu chinois. Du Mao-Villages! Du Clos-Bouddha! Du Château-Pékin! Du Saint-Nid d'Hirondelles!

Camadule rit jaune, la teinte qui s'imposait. Il arracha sa ligne à la compote de méduses qui s'agrippait au fil de tous ses grumeaux tremblotants. Il pesta. Son hameçon s'était planté dans un pansement usagé. Armé de pinces, il dégagea sa prise, la rejeta dans le bouillon de culture qui se mouvait au large de ses chaussons dits « de relaxation ».

Blême et gluant, un gardon creva la surface à coups d'épaules, émit une bulle de plastique, expira sans un mot. Il y avait encore du poisson dans la Marne. Camadule en fut aise. La pêche serait

14

bonne. Captain Beaujol regretterait de ne pas l'avoir accompagné ce matin.

Des aboiements firent pivoter le pêcheur sur son siège. Dix chiens s'approchaient de la berge, tenus en laisse par un jeune garçon perdu, Petit Poucet hagard, dans la forêt de ses cheveux longs.

— Non et non! Ça ne mord pas! braîlla tout à trac Camadule pour devancer une question plus vieille que les eaux.

Interloqué, l'adolescent recula d'un pas pour éloigner sa meute de ce mal embouché. Camadule précisa, rogue :

— Et je parle pas de tes clebs! C'est les poissons, qui mordent pas. Mordront jamais! Jamais plus! Alors te fatigue pas à me le demander, vu?

Il tourna le dos avec ostentation au boxer, à l'épagneul breton, aux deux fox, aux deux caniches et aux quatre teckels.

— Je peux m'asseoir, des fois? interrogea poliment le jeune homme.

— A quinze mètres, oui! glapit Adrien Camadule.

Il se reprit :

— A vingt, ça serait mieux.

Suivi de son troupeau, le garçon docile alla s'installer à vingt mètres. Ce fut alors que Camadule, éberlué, eut une touche, ferra, extirpa un goujon transparent des profondeurs caca d'oie où il luttait depuis toujours contre l'asphyxie. Nez à nez avec la bestiole, Camadule la dévisagea, incrédule. C'était bel et bien un goujon. Un *gobio fluviatilis*, en quelque sorte.

Le pêcheur regarda le nouveau venu qui ne le regardait pas, occupé à flatter de la paume les dix nuques des chiens stupéfaits de voir défiler sous leurs museaux les montagnes d'écume des produits de la maison « Beaugarden and Co ». Cette indifférence choqua fort Camadule qui lança dans les airs, non sans outrecuidance :

— Et un goujon ! Un !

Le garçon ne broncha pas, même quand le boxer se mit à hurler, excité par cet éclat de voix. Les neuf autres chiens l'imitèrent en cascade.

— Oh ! tonna Camadule hors de lui, oh ! C'est un goujon !

Les chiens ne se turent que pour lui montrer les crocs. Leur cornac se leva enfin, attacha la laisse à un anneau du vieux port de Villeneuve-sur-Marne, vint à Camadule, les deux mains dans les poches.

— Vous avez pris quelque chose ?

— Parfaitement ! Un goujon !

Le taillis de cheveux se pencha :

— C'est ça, un goujon ?

— Sûr ! Et un beau !

— C'est vrai, qu'il est beau.

— Les rescapés, normal que ça soit les plus musclés.

Le jeune homme sourit, et Camadule sourit. Ce miracle les réunissait. Le goujon ahanait entre les doigts frémissants du pêcheur. Camadule étendit soudain le bras, laissa retomber le poissonnet dans la Marne. Son voisin eut comme un mouvement instinctif pour le rattraper :

— Oh !... Pourquoi ?...

— Pourquoi ? fit Camadule, superbe, pourquoi ?... Mais... parce que...

Pudique, il ne pouvait expliquer à un buisson de rencontre que ce goujon, un des derniers goujons au monde, lui avait donné une joie et qu'il était juste de la lui rendre. Et puis, comme ça, tout à coup, il en avait eu pitié. Ce ne sont pas des choses à dire. Il bougonna, colère :

— Parce que, voilà tout !

— Je vous comprends, murmura le jeune homme.

Camadule eut un rictus :

— Ça, ça m'épaterait !

— Si j'étais pêcheur je les rejetterais, comme vous.

— Tu parles ! C'est la première fois de ma vie que j'en refous un à la baille. Avant, je les gardais. J'en faisais cadeau à une vieille du quartier, une « économiquement faible », comme ils disent. La preuve qu'ils étaient bons à manger, c'est qu'elle s'en régalait.

— Et maintenant ?

Camadule soupira :

— Elle est morte...

Mélancolique, il recouvrit l'hameçon d'une boulette de pâte synthétique d'un rouge vif, remit sa ligne à l'eau, se reporta par la pensée à son dada de l'an 2000 : « Alors, qu'est-ce qu'on a collé à la place des vignes, vu que même les patates, même les orties y pousseraient plus ? Pareil qu'à Montparnasse, on a construit des tours, en hommage au pinard inconnu, au rouquin disparu. La Tour Moulin-à-Vent, deux cents mètres ! La Tour Chiroubles, deux cent cinquante ! La Tour Fleurie, trois cents ! Rien que des monuments aux morts ! Au Tutu mort, la patrie la dalle en pente ! »

Il haussa les épaules, coula un œil à la fin moins sévère vers le garçon aux chiens :

— A part ça, comment qu'on t'appelle?

— Poulouc.

— Moi, c'est Camadule. Adrien Camadule. Dis donc, môme, c'est quand même pas à toi, tous ces cabots?

Le jeune Poulouc rit :

— Ah! non! C'est mes pensionnaires. Leurs maîtres travaillent, ils me les reprennent le soir. Les « baby-sitters », c'est ceux qui gardent les niards. Moi, je suis « dog-sitter ». C'est moins sale que les lardons.

Camadule se montra intéressé par cette position sociale :

— Et ça te rapporte quoi, ton armée?

— Mille anciens francs par jour par tête de pipe. Sauf le week-end, où ils sont chez eux. A cinq jours ouvrables, ça fait du deux cents tickets par mois. Les têtards, c'est plus cher, mais plus casse-couilles, sans parler de la responsabilité. C'est tout numéroté, fiché Sécurité sociale. Si on en perd un seul, c'est Waterloo dans les allocations! Avec les chiens, je suis peinard. C'est pas le plus important, d'être peinard?

— Y a que ça d'important! approuva Camadule avec chaleur.

Il regarda plus longuement le nommé Poulouc :

— T'as déjà compris ça, toi?

— J'ai pas de mérite. Une fois, j'ai bossé quinze jours en usine. Ça m'a guéri radical du boulot, amputé des deux bras.

— Évidemment, approuva derechef Camadule, quinze jours, ça marque un homme pour la vie. Moi aussi, j'ai essayé, quand j'étais jeune. J'ai pas duré plus longtemps que toi. Comme faut pas jouer

18

avec la santé, je me suis mis dans la brocante. Mais rapproche-toi! Qu'est-ce que tu fous si loin!

Poulouc s'installa plus près du pêcheur. Au milieu de ses chiens, il tenait l'emploi de griffon.

— Je suis dans le vieux Villeneuve, expliqua Camadule. Juste en face du Café du Pauvre, tu vois?

— Je connais pas bien le vieux Villeneuve, avoua Poulouc. J'habite la résidence des Anémones, avec ma mère. C'est dans la cité Joyeuse.

— Je vais jamais dans les quartiers neufs, fit Adrien catégorique. C'est pas de mon âge. J'ai jamais été en cabane, je vais pas commencer pour un ascenseur et un vide-ordures.

Il ajouta, civil :

— Enfin, c'est mon idée. Je force personne. Moi, ça m'arrange qu'ils s'empilent tous dans le même coin! Comme ça, j'ai à peu près la paix dans le mien.

Il chercha, parmi les poils qui les recouvraient, les yeux du garçon :

— Ça te gêne pas un peu pour marcher, tes cheveux longs?

Poulouc les écarta, cinq doigts en peigne, et grommela :

— Oh! moi, je suis pas pour. Je suis une victime de la mode. Seulement, si je les coupais, je me ferais vite repérer. Un jeune qu'aurait les cheveux courts aujourd'hui, qu'aurait pas la photo de Che Guevara dans sa chambre, ça paraîtrait suspect aux autres, ça ferait jaser.

Camadule avoua :

— J'y aurais pas pensé...

— J'y ai pensé, moi, s'anima Poulouc, et jour et

nuit, sans perdre mon temps à courir les nénettes! Pensé que je devais assumer les conformismes de mon époque! Faire corps avec ma génération! Faut que rien dépasse! Rien, ou on vous voit! Et faut pas être vu! Jamais! On dit que les jeunes sont flemmards, qu'ils ne croient plus en rien? O.K.! J'obéis aux consignes! Aussi sec, je suis flemmard et je crois plus en rien! Cela dit, je souscris au programme. Question cosse, je me suis vite aperçu que j'étais doué. Seulement, hein, les dons, faut pas les gaspiller. « Le travail, c'est pas que ça me fait peur, ça m'épouvante », que je me suis juré une fois pour toutes. Alors, au lieu d'écouter Halliday comme les copains, je me suis penché sur le problème. Les chiens, c'est une combine. Quand elle m'ira plus, j'en trouverai une autre, une autre encore, et ainsi de suite. Mais faut pas s'écarter du premier principe : pour y arriver, à passer entre les feuilles de paie, y a pas lourd de place. Faut se faire tout petit. Un mètre vingt, pas plus! Vivre en rase-mottes!

Cette profession de foi, la seule qu'entendait exercer le jeune doctrinaire, retourna Camadule. Plus encore au moral qu'autrement, il eût pu être son père. Il le considéra avec affection :

— Sûr que t'as raison, fils! J'ai jamais fait autre chose que de rien faire. C'est du boulot, crois-moi. Et c'est pas de la tarte dans un pays qu'a toujours besoin de ses enfants pour leur vider les poches! Les pompe-la-sueur, c'est plus vorace que le morbaque! Plus goulu que le tréponème! Écoute ton ancien : tiens bon la laisse! Lâche pas les chiens!

Ayant ainsi parlé comme un bon laboureur à sa

progéniture, Camadule fit jouer ses orteils d'aise dans la moiteur de ses pantoufles.

Le soleil de ce début septembre éclata tout à coup, pavoisa la rivière aux couleurs arc-en-ciel du mazout. Une sourde émotion envahit Camadule Adrien. Il s'en préparait de belles, loin, très loin d'ici, du côté de Morgon, et les cent neuf hectares de Chénas devaient chanter à pleins poumons sous la lumière de l'été.

Le brocanteur n'était jamais allé dans ces pays fabuleux, ses Amériques, ses Atlantides, ses Tahitis à lui, mais il y songeait avec tendresse, s'inquiétait des orages, s'égayait des chaleurs. Il y a rarement des lettres d'amour dans les bouteilles à la mer. Il en est toujours au moins une dans la bouteille à la Saône. Écrite par le ciel bleu. Signée d'une croix du plus beau rouge.

Et Camadule eut soif, et Camadule fut un brin méprisant pour lancer à Poulouc :

— C'est bien joli, tout ça, mais je parie que tu bois que du coca-cola ?

Le Mozart enfant de l'oisiveté se rembrunit :

— Faut pas faire de racisme antijeune, Camadule ! Je suis pas poivrot mais, *primo*, y a pas d'âge pour l'être. *Secundo*, je bois du vin à table même quand y a pas de table.

— J'ai pas dit que t'étais pas un homme, fit mollement Camadule.

— Si !

— On va pas s'engueuler...

— Si !

L'étudiant en bras croisés avait du caractère, et tous ses poils se hérissaient dans ses deux mains. Adrien Camadule le calma d'une flatterie :

— Tu aimes la vie, petit. Tu la prends par-derrière, bravo! Mais quand on aime la vie, faut savoir en rigoler. Je rigolais, tout à l'heure, je rigolais!

— Si vous rigoliez...

Camadule enroba de nouveau son hameçon de pâte synthétique, commenta, cherchant une diversion :

— Tu vois, ça, c'est comme du chewing-gum pour poiscailles. Ils sont tellement rendus zinzins par les enzymes que ça leur arrive de se faire piéger par des conneries pareilles. Ils deviennent aussi siphonnés que les mecs.

— L'asticot, ça donnerait rien? s'enquit Poulouc désireux à son tour de renouer le fil d'une amitié en barboteuse.

— Les astics, ça peut pas vivre dans la Marne. Vu qu'y sont pas civilisés, leur faut de l'oxygène.

Les chiens s'ennuyaient, s'agitaient et, las de humer leurs intimités, entreprenaient de se grigno-ter les oreilles.

— Faut que je vous laisse, Camadule. Ça serait trop beau qu'on me paie pour emmener les cadors à la pêche. Ces zèbres-là, faut que ça bouffe du kilomètre.

Ayant pour ce jour épuisé les griseries de l'art halieutique, le pêcheur se leva, referma son pliant, démonta sa canne.

— Viens avec moi, gars, on va boire un verre chez Lafrezique. Lafrezique, c'est le patron du Café du Pauvre. Le dernier des Auvergnats! Tes chiens, on les mettra à ronfler dans ma remise.

Il ajouta, pris de douceur comme on peut l'être de boisson :

— Si on se quittait comme des andouilles, on se reverrait peut-être jamais...

Précédés des dix chiens qui remorquaient dare-dare leur garde du corps, ils quittèrent le port et ses brenneuses étendues.

Ils avaient l'innocence, l'insolence de marcher sur le bas-côté de la route. Un automobiliste outré les insulta d'épileptiques coups de klaxon.

— Un Français moyen... proféra Camadule du plus haut de sa sagesse.

Ce Français intermédiaire se nommait Paul Debedeux.

— Poulouc, comment que tu vois l'an 2000, toi? interrogea plus tard Camadule.

Les dix chiens, avec un ensemble tout militaire, compissaient un mur. Poulouc réfléchit à la question puis déclara, suivi des chiens qui refermaient moralement leur braguette :

— Je vois qu'il y a plus d'arbres. Sauf quelques marronniers en polystyrène pour la beauté de la cité. Les cantonniers sont contents : plus de feuilles à ramasser. Les conducteurs aussi, s'il y a encore des conducteurs : plus de crottes d'oiseaux sur les carrosseries. Mais, toujours pour la beauté de la cité, pour l'agrément de la cellule sociale, on a planqué des magnétophones dans les branches. Ça fait que jusqu'à vingt-deux heures pétantes le rossignol gazouille à tour de bras. Et la fauvette. Et la mésange. Hiver comme été!

— Y a pas que du mauvais, dans le progrès, apprécia Camadule.

Cette façon d'envisager l'avenir ne s'avéra pas, à leur endroit, des plus pertinentes. En l'an 2000, Adrien Camadule, Poulouc, Paul Debedeux et le Captain Beaujol étaient morts depuis déjà belle lurette.

Comme les cimetières avaient été passés au bulldozer depuis longtemps pour la plus grande joie des promoteurs immobiliers, les cadavres des quatre perturbateurs précités, coulés dans le plastique, servaient, avec des milliers d'autres, de chaussée à l'autoroute AB 27 bis qui reliait enfin Paris à Pétaouchnock.

CHAPITRE II

En 1975, Adrien Camadule, Poulouc, Paul Debedeux et le Captain Beaujol n'étaient pas morts du tout. Newtown-on-Marne s'appelait encore provisoirement Villeneuve-sur-Marne.

Et le Captain Beaujol reposa son verre vide sur le zinc du Café du Pauvre :

— Encore un que les fellouzes auront pas !

Rogue, il s'enfonça jusqu'aux oreilles son vieux calot, vestige de son glorieux passé de combattant au même titre que les rubans crasseux des quelques croix de guerres oubliées, désuètes, qui ornaient sa boutonnière.

Les guerres, Captain Beaujol les avait toutes perdues, imperturbablement, qu'elles fussent d'Indochine ou d'Algérie. Ces détails secondaires lui étaient sortis de l'esprit. Caporal du côté de Dien-Bien-Phu, sergent-chef au pied des Aurès, il était aujourd'hui à la retraite sur la foi de ces années de campagne qui comptent et voient double.

Retiré dans sa banlieue natale, il avait pris du galon. Ses amis d'enfance l'avaient tout d'abord surnommé « Captain » puis, croyant remarquer que le vaillant guerrier noyait ses terribles souvenirs dans d'autres liquides que celui des jus de fruits, avaient complété le sobriquet en « Captain Beaujol ». Il y avait laissé, sans regrets, son identité. Captain Beaujol, cela tintait mieux, en l'occurrence, que Jean Poirier. Il claqua des talons, commanda :

— A boire, Gaston! Si t'avais traîné dans le désert comme Beaujol, tu saurais ce que c'est que la misère et le 50 à l'ombre! Quarante-sept ans, Beaujol, et pas les rouleaux dans la bouche comme ses potes qu'ont été torturés par les biques!

Gaston Lafrezique, le patron, menu, chauve, livide, le servit en silence. Un silence dont Captain Beaujol ignorait les vertus :

— Gaston! La place des noix, c'est pas dans la bouche, non? Enfin, pas dans sa propre bouche...

— Non... finit par admettre Lafrezique un instant décontenancé par la complexité de la question. Le héros de tant de justes luttes triompha :

— Bravo, Auvergnat sagace! Eh bien, les troncs, y n'arrêtaient pas de nous les coudre entre les dents! C'étaient pas des soldats, les crouilles, c'étaient des couturières.

Il recula vivement d'un pas, courroucé par ces évocations pénibles, braïla, un F.M. invisible à la hanche :

— Commando! Go! Boumediene fusillé!

Il regarda le corps de l'ennemi foudroyé glisser à terre, lui administra quelques sévères coups de pied de l'âne :

— Crève, fumier! On n'est pas des salopes, nous, on est des hommes! Des vrais! Mort aux ratons!

Il faillit, dans son enthousiasme, renverser son

verre. Un peu pâle, il le but, conscient d'avoir échappé de peu à un nouveau désastre militaire.

Insoucieux des exploits sanguinaires de son client, Gaston Lafrezique se versait des gouttes dans un verre d'eau, et ses lèvres grises les dénombraient au vol en chuchotant :

— Neuf, dix, onze, douze...

Captain Beaujol ricana :

— Merde, Gaston, je suis là depuis plus d'une heure et ça fait déjà trois fois que tu t'envoies des cochonneries dans la tuyauterie! C'est pour quand, les suppositoires? Pour l'apéro? Au coup par coup, ou en rafale?

Agacé par cette interruption, Lafrezique parvint malgré tout à son compte de vingt-quatre, et grogna :

— Si t'avais la mauvaise santé comme moi, tu y ferais gaffe à les prendre, tes médicaments! Là, c'est pour mon asthme. Y a vingt minutes, c'était pour le bol intestinal. Et avant, c'était un vaso-dilatateur.

Captain Beaujol s'esclaffa sans pitié :

— Vaseux dilatateur! Pas étonnant qu'on ait paumé l'A.F.N. avec, à l'arrière, rien qu'une bande de vaseux dilatateurs!

Lafrezique avala sa potion et lâcha, agressif :

— Tout le monde peut pas finir alcoolique!

Le mot choqua fort le Captain, qui, d'émotion, en retira son calot :

— Alcoolique? Je suis alcoolique, moi? Moi? C'est à Beaujol que tu dis ça, Gaston? Ça alors! Alcoolique!

Lafrezique prit posément son pouls avant de rétorquer :

27

— T'en as tous les symptômes. Y a ta photo dans le *Larousse médical*. Pour être honnête, y manque quand même le calot.

— T'es pas chouette, Gaston, balbutia Beaujol impressionné par l'assurance du patron.

Celui-ci lui brandit un doigt sous le nez :

— Tu bois, Captain, ou tu bois pas ?

— Je bois... Je bois... C'est vite dit. Qu'est-ce que je bois ? Que des choses saines, que des trucs naturels ! Que du vin ! Que du Beaujolpif qu'il y a pas meilleur au corps, tous les toubibs te le diront ! Cinq, six bouteilles par jour, jamais plus. Du fortifiant. Des vitamines comme s'il en pleuvait ! Du Gayelord Hauser liquide ! Alcoolique ! C'est la meilleure, celle-là !

Germaine Lafrezique apparut, issue de la cuisine en même temps qu'une enivrante bouffée de petit salé aux choux. Ronde navet, rose carotte, fraîche salade, c'était un solide légume de soixante ans. Commerçante, elle prit la défense du Captain :

— Alcoolique, Beaujol ? Qu'est-ce que tu lui chantes, Gaston ? C'est pas des propos à tenir à un client. Oublie pas qu'ici c'est pas une quincaillerie. T'es jaloux de sa bonne mine, oui ! Je voudrais que t'aies sa tension !

— Tension de bébé ! clama Beaujol ravi. Foie de jeune fille ! Cœur de lion !

Sur son élan, il crut finaud d'ajouter, pour faire bonne mesure, « pine de cheval ! », précision que Germaine estima quelque peu superflue. Elle lui offrit pourtant le petit verre de l'apaisement. Gaston Lafrezique se lamentait tout en rangeant ses fioles sur l'étagère d'où elles avaient chassé de plus sémillants flacons :

— C'est l'air, qui me tue. Oui, l'air, parce qu'il y a pas d'air. Si j'étais resté au pied du Puy Mary, je serais un colosse ballonné d'oxygène...

Le Café du Pauvre était le plus anachronique débit de boissons de Villeneuve-sur-Marne. Même dans le vieux quartier — que les fiers habitants des « résidences » appelaient ironiquement la « Réserve » — les « Indiens » le trouvaient démodé. On n'y jouait pas au tiercé, on n'y regardait pas la télévision, on n'y écoutait même pas la radio. Le monde entier restait à la porte. Les guerres mondiales seules y soulevaient un faible écho vite assourdi par le bruit des cartes des beloteurs.

Le plateau des tables était de marbre, le carrelage chaque matin saupoudré de sciure, c'était le bistrot parisien modèle 1930, celui que les films américains délivrent à intervalles réguliers aux spectateurs ébaubis de l'Arizona.

La boutique de Camadule était située en face, à portée de voix. Il n'avait qu'à franchir les trois mètres pavés de la rue Maurice-Thorez pour rallier son Q.G. Il avait écrit d'un doigt ferme sur sa vitrine sale : « Brocanteur », puis : « Je suis au café. »

Camadule s'était spécialisé dans le siphon d'eau de Seltz, l'antique boîte de Banania, le moulin à café non électrique, tous objets recherchés par les cadres moyens pour, transformés en lampes originales, trôner au centre des « living-rooms » entre une « Tempête à Douarnenez » à l'huile et l'œuvre au vinaigre d'un peintre abstrait mais culturel en diable.

Camadule ne se séparait de ses trésors qu'à raison d'un ou deux par semaine, et à prix d'or, soucieux de préserver l'avenir de son entreprise. Koweitien suburbain, c'était là son pétrole.

Las, la vérole gagnait le vieux quartier. A sa lisière, on édifiait une tour de quatre-vingts étages « à l'usage de bureaux » qui le priverait pour toujours de soleil. A tout hasard, les promoteurs l'avaient baptisée la « Tour-Prend-Garde ». Cette menace de béton figeait les Indiens dans leur sauce. Plus tard, on les expulserait de leurs taudis de pierre, on les relogerait dans des taudis de stuc et de staff.

En attendant cette promotion sociale, les malheureux s'embourbaient dans les gravats et fondrières de l'expansion industrielle, se carapataient devant les bulldozers, savouraient la musique concrète des marteaux-piqueurs. Parfois, on ne s'entendait plus boire, au Café du Pauvre : Lafrezique regrettait le Cantal, Beaujol les Aurès, Camadule l'Ile-de-France de son enfance, tous les trois la stagnation économique où ils avaient vécu sereins.

— Alors, à midi, c'est du petit salé? questionna le Captain tout revigoré de n'être plus alcoolique.

Germaine Lafrezique, par exception, nourrissait deux pensionnaires, les célibataires Camadule et Beaujol, ses « sans famille ». Elle et eux se régalaient de solide cuisine du Massif Central, Gaston à leurs côtés suçotant, mâchouillant des tristesses blafardes sans sel ni matières grasses.

— Oui, répondit Germaine, et qui vient du pays. C'est pas de la méduse.

Maman Turlutte entra, gracieuse, chapeau à plumes, bas à varices.

Chaque jour à onze heures trente précises, elle s'en venait siffler ses quatre ou cinq lichettes de blanc. Elle était concierge au 8 de la rue, couvait d'yeux doux son locataire Camadule en compagnie duquel elle envisageait en secret de refaire sa vie, son mari terrassier s'étant pendu jadis pour fuir la bande de rats fidèles qui le suivait au lit.

Maman Turlutte avait été, en son temps, la plus fabuleuse faiseuse d'anges de ce coin de banlieue. La tremblote et la pilule l'avaient peu à peu contrainte à une retraite qu'elle affirmait prématurée. Sur le coup du quatrième blanc, elle fulminait souvent, remuée par le souvenir de son passé de gloire :

— Ça, on peut le dire, que j'en ai rendu des services! S'il y en a une qui l'aurait méritée, la médaille d'or de la mairie, c'est bien moi! Toujours à me pencher sur les misères du pauvre monde, que j'étais. Et pour pas cher, pas comme cette morue de madame Plume qui te vous escroquait tellement les malheureuses que le bon Dieu aurait bien dû lui faucher ses aiguilles à tricoter pour lui apprendre l'honnêteté, l'humanité avec! Bref, j'en ai sauvé quelques-unes, moi, des martyres de l'amour! J'en ai supprimé aussi quelques-uns, sur la ligne de départ, des inutiles, des nuisibles genre père Turlutte! Ça passait comme des lettres à la poste, ni vu ni connu je t'embrouille. C'est vrai qu'à l'époque il y avait pas les allocations. Ça a fait du tort à l'artisanat. On a bien raison de dire que l'argent pourrit tout ce qu'il touche. Enfin, quoi, c'était le bon temps. Pas de regrets. Pas d'accidents non plus, à part trois, quatre rachitiques qu'avaient le globule rouge pâle des genoux. Le globule, j'y étais pour rien, pas vrai? C'était pas mon rayon. On en reviendra, allez, des saletés qui font grossir, des méthodes Karman, des pompes à vélo, de tous leurs trucs cancérigènes! On y reviendra, à la nature, aux simples, à la queue de persil!

Elle salua les Lafrezique et le Captain Beaujol, s'inquiéta :

— Adrien n'est donc pas là? Il n'est pas malade?

— Il est à la pêche.

— A la pêche! Le pauvre homme! Il lui faudrait une femme pour lui changer les idées. La solitude, ça vaut rien aux mâles, ça mène direct à la boisson. Comment ça va, Gaston?

Gaston Lafrezique surveillait avec attention le sablier qu'il venait de poser sur le comptoir. Dans trois minutes, il lui faudrait sauter sur le flacon dévolu au bon fonctionnement de son duodénum.

— Pas fort, maman Turlutte. Voilà que j'ai des ennuis de vessie.

La concierge du 8 se montra péremptoire :

— Du blanc, Gaston! Du blanc! Vous ne savez pas vous soigner. Il ne faut pas croire que c'est pour mon plaisir que je bois du blanc tous les jours à heure fixe. C'est une cure scientifique, parfaitement, Captain Beaujol, scientifique, pas la peine d'étaler votre scepticisme de brute galonnée! Il est notoire qu'il n'y a pas diurétique plus efficace que le vin blanc. Gaston, sauf votre respect, je faisais de la cystite, j'en passe et des meilleures. Depuis que je m'astreins à prendre quatre ou cinq verres de Sauvignon, je ne souffre plus. J'urine comme vous et moi. Finie, la cystite! Pfft! Envolée!

Captain Beaujol n'avait pas encore digéré l'expression de « brute galonnée ». Il se vengea bassement :

32

— Votre diurétique, en tous les cas, ça a pas l'air fameux pour les varices.

Maman Turlutte s'empourpra :

— La circulation, Beaujol, et la miction, ça fait deux, tout comme vous faites deux avec Adrien! Lui, c'est un gentleman, vous un soudard, un cochon violeur de Berbères impubères!

Captain Beaujol ne plia pas sous la tornade et susurra :

— Vous fâchez pas, maman Turlutte. J'ai une idée. A votre place, j'alternerais le coup de blanc pour la vessie avec le coup de rouge pour les varices. Une fois un, une fois l'autre. A condition que ça se mélange pas, mais ça, c'est vos oignons!

Un concert d'aboiements retentit dans la rue, suspendant dans les airs la réplique venimeuse de la curiste. Camadule venait d'enfermer les dix chiens dans sa remise, pénétrait peu après dans le Café du Pauvre escorté du jeune Poulouc.

— Je vous présente, annonça-t-il d'emblée, mon ami Poulouc.

— Son coiffeur est en tôle? grinça Beaujol, qui n'appréciait que la brosse militaire en matière de coupe de cheveux.

Camadule répéta lourdement, le fixant dans les yeux :

— Monsieur Beaujol, j'ai dit mon ami Poulouc. Mon ami. J'aimerais ne pas avoir à insister sur la valeur de mes fréquentations. J'en ai de pires, monsieur Beaujol, et vous en êtes un autre.

— Tu me dis vous, Adrien? A moi? balbutia le Captain.

— Uniquement pour offense. Serre vite la main

33

de Poulouc. Vite. Dans une minute, il sera trop tard.

En un éclair, Captain Beaujol se vit seul et glacé devant un zinc déserté par toute chaleur humaine, tout propos fraternel, toute considération complice, philosophique ou météorologique. Il pressa les deux mains de Poulouc, s'écria du fond du cœur :

— Enchanté, Poulouc, enchanté!

— Pareil, fit Poulouc, magnanime.

— Les amis, ça s'arrose, appuya Beaujol. A boire, Gaston, et au galop! Tu sais, Poulouc, je t'avais quand même pas pris pour un bique! Ce que j'ai dit, c'était juste pour te taquiner un poil. Je suis un peu taquin, faut m'excuser.

— Y a pas de mal.

— Les amis de Camadule, c'est mes amis, tant que c'est pas des crouillebis! A boire, bordel! Ma parole, y a du simoun, dans cette cantine! Du Ben Bella! Qu'est-ce que tu bois, Poulouc?

— Comme vous...

Beaujol se redressa, offusqué :

— Ah! non, ah! non, mon gars! Ici, on se tutoie, entre hommes. On n'a pas encore les joyeuses entre les ratiches! Trois Beaujos, Gaston, et un blanc pour la petite!

Cet insolite compliment dérida maman Turlutte, qui s'approcha à le frôler d'un Camadule qui supportait avec flegme depuis des années les avances, déguisées ou non, de sa concierge.

— Poulouc garde des chiens, expliqua-t-il, c'est un boulot pas bête. Il ira loin, ce môme-là. Pas décidé à se laisser gober tout cru par le grand capital. Pas lui qu'ira engraisser les nantis.

— Bravo! jubila l'ancien sergent-chef. Fière

jeunesse! On aurait eu que des gaziers comme toi dans le contingent, que des rombiers avec ton calbard renfoncé, on se la gardait facile, l'Algérie française! Et les niaquoués, on leur faisait leur fête! Z'auraient avalé leurs baguettes par tous les trous, aussi vrai que j'en ai déboulonné des pleines rizières!

Poulouc demeura simple sous cet excès d'honneurs et remit sa tournée. Il se sentait étrangement à l'aise et de plain-pied dans ce bistrot oublié. On y pouvait se croire à l'intérieur d'une bulle de savon, d'une serre, d'un ventre maternel. Maladroits audehors, hésitants, peu prolixes, Beaujol et Camadule revivaient là, refleurissaient, parlaient haut. Chez eux.

Déjà Poulouc savait que lui aussi était chez lui et qu'il y resterait tant que durerait ce bien-être inconnu. Les rodomontades du Captain, la placidité de Camadule, l'odeur du petit salé, la quiétude du lieu, la saveur de clepsydre du temps, tout cela le changeait délicatement des angoisses, des incertitudes, des hâtes propres à sa génération. Il pensait, avant d'entrer ici, qu'il avait grandement fait, à vingt-deux ans, le tour des juke-boxes. Il était sûr, aujourd'hui, que sa vie était là, un peu coupable, un brin larvaire, mais toute chaude...

Beaujol, remué par tous ces bonheurs d'amitié, braillait *Les Africains* en tapant sur une bouteille avec un manche de couteau :

Car nous voulons porter haut et fier
Le beau drapeau de notre France altière
Et si quelqu'un venait à y toucher

A y toucher
Nous serions là pour mourir à ses pieds
Oui à ses pieds!

Maman Turlutte souriait à Camadule qui souriait aux anges, maman Turlutte croyait que Camadule lui souriait, l'instant touchait donc à la perfection. Même Gaston, bouillonnant de médicaments, ne souffrait de nulle part, ce qui l'inquiéterait bientôt. Germaine, gagnée par l'euphorie de ses pratiques, s'octroyait sur le pouce la violette parfumée d'un demi-verre de Juliénas. Ce fut elle qui demanda à Poulouc s'il avait toujours ses parents.

— J'ai perdu mon père. Il est flic à Paris.

— Il est mort ou il est flic?

— Mort vivant, puisqu'il est flic. Il s'est tiré de la maison à cause de ma mère. Faut que vous sachiez, aussi, que le métier de ma mère, il pouvait pas coller longtemps avec celui de mon père.

— Pourquoi ça?

— Parce qu'elle est pute.

Cette déclaration énoncée calmement ébranla tout le zinc. Captain Beaujol se tut. Germaine et la concierge protestèrent d'une même voix qu'il ne fallait jamais dire des choses pareilles de sa maman, qu'une mère c'est toujours une mère, que c'est irremplaçable, qu'on n'en a qu'une, etc. Poulouc se défendit :

— Pardon, pardon! C'est pas une pute ordinaire, Zulma! C'est une spécialiste! Elle est fouetteuse.

— Ah! bon, je préfère! fit maman Turlutte rassérénée.

Germaine fronça le sourcil, Auvergnate ignorante des perversités citadines, des espiègleries urbaines.

Poulouc s'étendait, modeste :

— Fouetteuse en grand ensemble, c'est pas rien. C'est une grosse situation. Elle part en visite, comme un docteur. Éperons, cuissardes noires, robe noire, ciré noir, cravache à la ceinture. Son sac à main, c'est kif-kif une enclume, tellement qu'il est plein de menottes, de chaînes, de martinets et de joyeusetés pour les petits garçons pas sages.

Comme d'habitude, Camadule avait réfléchi avant de parler. Il lança, pensif :

— Normal que ça marche, sa profession, à ta mère, en immeuble moderne. Les mecs, là-dedans, ils se dévorent les ongles pire que si c'étaient des biscottes. Ils ont le cigare ininflammable, la libido court-circuitée par les apparitions de Giscard à la télé. Faut pas rire avec la bébête. Du coup, leur faut des papouilles extra-terrestres. La fesse de la voisine, ils la remplacent par la leur. Elle est d'utilité publique, ta mère. Si j'étais le gouvernement, le pan pan cul cul, ça serait remboursé par la Sécurité sociale.

Poulouc fut enchanté d'être aussi bien compris. Captain Beaujol s'enquit avec sollicitude :

— Ta maman, j'espère qu'elle n'a pas trop d'ennuis avec la police ?

— Au contraire.

Maman Turlutte sursauta, qui avait été jadis tracassée pour ses activités de dame de charité :

— Comment ça, au contraire ?

— Elle fouette le commissaire.

— La veinarde, avoua Camadule, la lippe gourmande.

Poulouc poursuivait :

— Faut pas vous gourer, c'est tout cérébral, la

flagellation. Y a que des intellectuels pour réclamer l'avoine. Pas un seul loquedu, pas trace de petit épargnant, zéro pour le travailleur immigré. Zulma, elle avait un client colonel, même que c'est lui qui m'a fait réformer.

Ce fut au tour de Beaujol de tressaillir, douloureux :

— T'as pas fait d'armée?

— Non.

— T'as pas connu les corvées de pluches, le salut aux couleurs, les marches de quarante bornes avec tout le paquetage?

— Tu crois que ça manque vraiment à un homme? intervint Camadule avec un semblant de logique.

En lui tendant un verre plein, on empêcha *in extremis* Beaujol d'entonner *La Marseillaise*. Poulouc, qui aimait tendrement sa mère, vantait toujours ses qualités :

— Elle a des lingots à la banque, ma vieille. Et c'est pas Raymond qui se les goinfrera. Les espérances, c'est moi.

— Qui c'est, Raymond?

— Son coquin. Il habite La Varenne. Elle va se faire fouetter là-bas tous les dimanches.

— Parce que... souffla Germaine effarée par cette avalanche de mœurs nouvelles, elle se fait...

— Ben oui. Ça l'équilibre. Ça la défoule de sa semaine. — Poulouc acheva, profond : — La sexualité imitative, ça existe, chez les animaux supérieurs.

On ne sortit pas pour autant des problèmes familiaux. Le Juliénas déliait les langues, les jetait en tas sur le zinc.

— Ma femme, exposait Camadule, elle est chez les dingues. En asile psychiatrique, qu'y disent, alors que c'est une maison de fous, de barjos tout ce qu'il y a de siphonnés.

Il s'interrompit, courtois, désigna des yeux le plafond. On entendait là-haut rouler des billes sur un parquet :

— Je dis pas ça pour Prunelle, ma chère Germaine. Votre fille, c'est une handicapée mentale, et le handicap mental, c'est l'aristocratie, la Formule I, le tournoi des Cinq Nations des débiles. Prunelle, c'est la part grandiose et divine de l'inconscient.

Sur ces nobles paroles, il s'étrangla de rire :

— Alors que Berthe, ma bonne femme, elle était pas fondue de naissance. L'a fallu qu'elle apprenne ! Elle a décroché ses deux bacs vite fait, dans l'aliénation. Elle travaillait aux P.T.T. Elle enrageait de me voir vivre comme on doit vivre, les doigts de pieds en éventail. Elle me chantait toute la journée : « T'es qu'un minable, Adrien. Tu finiras sous les ponts ! Sur l'échafaud ! » Elle était pas trop fixée sur la destination sauf qu'à son idée ça devait pas être dans un château Louis XIII. « Moi, qu'elle me les cassait, moi je veux m'élever dans l'échelle sociale ! Je grimperai un à un les barreaux, fourmi obstinée ! J'arriverai au sommet ! » Elle s'est mise à lire des bouquins où qu'y avait pas de mots, même pas de virgules, rien que des chiffres. Elle a passé un concours, deux concours, trois concours. Toujours reçue bille en tête. Elle a pas pu se farcir le quatrième. Le matin de l'examen, au lieu de se fringuer, elle a enlevé sa chemise de nuit et elle s'est barrée à poil dans la rue. L'échelle sociale lui était tombée sur la cafetière...

Il soupira, satisfait :

— J'y suis toujours, moi, au bas de son échelle. Et j'y grimperai pas! Pas plus que sur son échafaud!

Bouleversé par tous ces tons de confidence, Captain Beaujol se moucha puis renversa la poubelle de sa vie devant les spectateurs :

— T'as pas eu de pot, Adrien, avec ta Berthe. Mais y a pas que toi qui as eu des déboires sentimentaux. J'en ai eu ma part. On a beau être un héros, on a un cœur, on n'est pas des biques. J'ai été fiancé, moi, en Algérie. Attention! Avec une Française! Elle avait vingt-cinq ans, elle était belle comme une mitrailleuse, dans l'épicerie de ses parents. Ça a duré six mois. On se baladait la main dans la main, tous les soirs après le service, et les yeux dans les yeux. C'était une vraie jeune fille, et je la respectais.

— Très bien! coupa maman Turlutte, qui avait le sens de l'honneur et même, en prime, celui du devoir.

— Comment que tu le savais que c'était une vraie jeune fille, si tu la respectais?

Captain Beaujol ne tint nul compte de l'observation perfide de Camadule, et se mit à rêver à tue-tête :

— Suzanne, qu'elle s'appelait. Blonde comme tous les pieds-noirs. Elle aimait l'uniforme...

Il se renfrogna :

— Elle l'aimait tellement qu'elle m'a plaqué pour un lieutenant, la bourrique. Beaujol aussi, il aurait pu être officier, seulement voilà, Beaujol pas client pour la lèche et la courbette, et Beaujol est resté sergent-chef à cause de son caractère intransigeant.

Il vida son verre pour reprendre son souffle, continua :

— Rentré en France, je me suis dit : « Beaujol, les jeunettes, c'est pas du sérieux, ça pense qu'à des cochonneries qui feraient rougir des légionnaires, ça sait pas cuire un bifteck ; ce qu'il te faut, c'est une vieille. » J'en ai trouvé une. Et pas n'importe quoi, pas une bien conservée comme vous, maman Turlutte. Fallait la voir : moche ! Mais tarte ! Atroce ! J'osais pas la regarder. Deux mentons, trois dents, quatre cheveux, et les roberts sur le baba. On risquait pas de me la piquer. Six mois encore, que ça a marché. J'étais pas malheureux. C'était la reine du bourguignon, Roseline, et moi j'en mangerais à tous les repas, du bourguignon.

— Comment que ça a fini ? demanda poliment Poulouc.

— Mal. Vachement mal. Elle est morte. Y a que la mort qui pouvait nous séparer, elle et moi. Pas les lieutenants, pour une fois. Ah ! vrai, j'ai pas eu de chance...

— Elle non plus, peut-être ? supposa Camadule.

Beaujol haussa les épaules en homme infiniment plus préoccupé de son triste sort que de celui, réglé, de la défunte :

— Tant pis pour elle ! Mais Beaujol pas découragé pour si peu. Beaujol s'en dénichera une autre, de bergère. Mais celle-là je la ferai examiner de A à Z, pour qu'elle me fasse un peu d'usage !

— On cause, on cause, intervint Germaine, on fait que causer. Si on passait à table ?

Camadule se tourna vers Poulouc :

— Tu restes avec nous, môme. Si, si, si!

— Va y avoir du sang, Poulouc, si tu restes pas!
tonitrua Beaujol.

— Je reste.

Maman Turlutte prit congé non sans avoir répété
à Camadule qu'il pouvait lui apporter ses chaussettes à repriser à toutes les heures du jour et de la
nuit. Cette allusion érotique n'enflammait guère
Camadule. Ils s'assirent autour de la table recou-
verte d'une nappe de toile à carreaux blancs et
rouges.

— Pourquoi, Beaujol, suggéra Camadule, pourquoi que tu l'attaquerais pas, maman Turlutte? Y a
place pour deux, dans sa loge, et tu serais moins
loin du bistrot.

— Beaujol pas con! J'y en ai touché deux mots,
à la bignole. Mais y a pas mèche. Y a pas mèche
parce qu'y a un os et que c'est toi, l'os, Adrien. Elle
t'aime, maman Turlutte.

— Merde, gueula Camadule en perdant une
seconde son sang-froid, j'y ai rien fait, moi! Toi, tu
cherches une femme, ça te regarde, mais moi je suis
trop heureux tout seul pour m'en recoller une sur le
râble!

Il leva les yeux au ciel en le priant de prolonger
ad aeternam sa félicité de célibataire, attrapa le litre
et dit, posant un œil attendri sur ses compagnons :

— Rien ne vaut les amis. Rien. Avec du Beaujolais et du petit salé, y a pas meilleur.

Dans la rue passa une automobile. Celle de Paul
Debedeux.

Captain Beaujol offrit les cornichons à Poulouc,
qui lui tendit le pain. Un rayon de soleil changea la

nappe en tartine de beurre. Poulouc se sentit jeune pour la première fois de ses vingt-deux ans. Les autres eurent son âge. Ils n'étaient pourtant pas soûls. Ils étaient bien ensemble. Bêtement. Et prêts à prolonger ce moment bête tout l'après-midi. Et pourquoi pas toute la vie, la vie six coudes, trois verres, un litre sur la nappe du dernier chouette petit bistrot de banlieue?

CHAPITRE III

En bordure d'un bras tordu de la Marne, Captain Beaujol habitait une maisonnette basse et des plus délabrée. Parfois, les monts de mousse des bons produits de l'usine d'engrais « Beaugarden and Co. » lui barraient l'horizon. Cela ne le troublait guère, il n'y avait rien à voir en face, que d'autres pavillons mélancoliques peuplés de chiens méchants, de retraités hargneux, de travailleurs rompus, de singes hurleurs déguisés en marmots.

Le jardinet du Captain Beaujol, reproduction exacte de la brousse vietnamienne, était coupé en deux par une allée violemment dégagée à la machette.

Beaujol, ce matin-là, s'étira sur la moleskine de ses draps douteux. Aux fenêtres opaques voltigeaient les feuilles mortes d'octobre. Beaujol plissa le nez, huma ses moustaches de surmulot qui lui restituèrent les odeurs capiteuses du nectar bu la veille. Du moins il le crut. En fait, Captain Beaujol fleurait à bout portant la futaille désaffectée oubliée dans un recoin de chai.

Ses gros yeux de crapaud-buffle tournèrent dans la pièce, saluèrent au passage, accrochés au mur, son casque ramené d'Algérie, un fennec empaillé et un drapeau français.

— Mort aux biques ! fit-il machinalement.

Sur cette action de grâces, il se leva, souffla la sonnerie réglementaire du « Réveil » dans le clairon de son pouce, musique qui avait, davantage que celle de l'alouette, enchanté toutes les aubes de sa jeunesse. Il n'avait pas à se vêtir, puisqu'il couchait tout habillé. Pratique, observateur, il avait éliminé cette stupide perte de temps. Les minutes ainsi gagnées, il les consacrait à de profondes méditations sur la futilité, la vanité de notre existence...

Il se souvint soudain de ce qu'il avait fait la veille, ce qui dissipa net ses brumes philosophiques. Mis d'humeur farce par le cassoulet de Germaine Lafrezique, plat qui n'eût pas été absolument hallucinogène sans les bouteilles de vin de Cahors qui l'avaient accompagné, Captain Beaujol avait décidé de prendre un peu l'air.

Ses pas martiaux l'avaient conduit place de l'Église. Un agent de police de couleur y réglait la circulation, ce qui donna au Captain l'idée de la plus détestable des plaisanteries. S'étant ravitaillé dans une épicerie, il s'était approché de l'agent et, tout en hurlant de rire, lui avait fourré dans la main une poignée de cacahuètes.

D'abord abasourdi, le gardien de la paix ne partagea pas du tout l'hilarité de ce quidam hors du commun. Il ne vit, dans le don insolite de ces arachides, qu'une allusion de mauvais goût à ses origines tropicales, bref une manifestation de racisme d'autant plus intolérable qu'elle offensait un représentant de l'ordre et non quelque vague manœuvre nord-africain méprisable à merci.

L'agent laissa les voitures se débrouiller seules —
ce qu'elles firent fort bien — et, aidé d'un collègue
tout à fait blanc, entraîna le perturbateur au poste.
On l'y conduisit à la course, Beaujol ameutant par
ses cris ses camarades d'A.F.N. :

— A moi le 42e d'Infanterie! On assassine votre
sergent-chef! A moi! Ils vont me les coudre dans la
bouche! Appel à tous les anciens combattants : au
secours! On malmène un héros!

On l'avait jeté au violon, non sans l'avoir gratifié
de quelques horions. N'avait-il pas braillé sur les
toits qu'il n'aimait pas les flics, même quand ils
étaient noirs *pour donner le change?*

Une heure plus tard, alerté par une connaissance
du Café du Pauvre, Poulouc flanqué de ses dix
chiens entrait dans le commissariat, réclamait le
plus haut fonctionnaire de l'endroit, de la part du
fils de Zulma.

Éperdu, le commissaire le reçut aussitôt. Poulouc
se montra cassant :

— Si vous ne relâchez pas le Captain, mon petit
ami, vous aurez des ennuis avec maman. Elle ne
vous fouettera plus qu'avec un spaghetti trop cuit.

— Non! Non! fit en se tordant les bras le « petit
ami ». Tout mais pas ça!

— Vous irez rue Saint-Denis.

— C'est trop loin! Et puis, je les ai toutes
essayées! Pas une n'égale Madame votre mère!
Qu'on libère le général!

On avait élargi Beaujol, qui s'était empressé de
demander des excuses, qu'on lui fournit intégrale-
ment plates. Il exigea ensuite que l'on blâmât l'agent
aux cacahuètes, ce que l'on fit sur-le-champ.

— Admirable Poulouc, épiloguait Beaujol en se

servant son petit déjeuner sous forme d'un verre de calvados car le café lui donnait des brûlures d'estomac, superbe camarade, intrépide enfant grec, qu'un évêque bénisse ta meute et toi avec! Loué soit le jour radieux où tu pénétras dans le Café du Pauvre sur les ailes de l'amitié!

Lyrique, il ouvrit sa porte, ponctua sa sortie de quelques vigoureux « Mort aux troncs! Mort aux melons! Que crèvent tous les Mohammed! » et s'éloigna, calot sur la tête, servitude et grandeur militaires au cœur, dans la lumière rousse et pâle de l'automne.

Paul Debedeux quitta son bel appartement de cinq pièces — *en français, F 5* — sis dans l'élégante (et perdue dans la verdure) résidence des Tourterelles. Il le quitta en criant : « Tu m'emmerdes! », expression triviale qui jurait avec sa mise soignée, son costume gris, son imperméable Burberry's, son chapeau mou et son attaché-case.

Mais nul n'ignore que même les couches les plus élevées de la population ne dédaignent pas professer, dans l'intimité, une certaine liberté de langage. Que les manières raffinées des partouses s'estompent parfois devant la réalité de scènes de ménage dignes des plus crapuleux bidonvilles.

— C'est vrai, ça, qu'elle m'emmerde! fulminait Paul Debedeux en longeant, dans le parc (toujours perdu dans la verdure), la piscine (spacieuse et ombragée) qui n'avait jamais contenu d'eau, n'en contiendrait jamais pour cause de vice de construction.

— D'ailleurs, poursuivait-il, tout m'emmerde!

Une bagnole de trois briques en panne, c'est excessif! Me voilà à pied comme un Portugais et prenant le R.E.R. *(en français, Réseau express régional)* comme un Espagnol! Sophie m'emmerde depuis vingt-cinq ans, Denise depuis six mois, vous qui passez plaignez le pauvre Debedeux!

Le pauvre Debedeux était ce que les femmes appellent, gourmandes, « un bel homme de quarante-cinq ans », le classique séducteur aux tempes grises des romans-photos. Un mètre quatre-vingts, sportif, preste, il alluma une cigarette Dunhill à son briquet Dupont en or et songea, amer, que ce marronnier-là, devant lui, avait bien du bonheur d'être marronnier plutôt qu'homme. Il n'allait pas prendre le métro, n'avait pas deux femmes dans sa vie, ni même une seule. Il n'était pas aimé, sauf des oiseaux et du soleil, ce qui ne lui cassait ni les racines ni les branches...

Aimé! Paul Debedeux en avait assez d'être aimé, assez des « je t'aime », des « je me tue », des « je te tue » et des « reviens veux-tu ». Assez des crises, des soupçons, des larmes, des devoirs conjugaux, des corvées d'adultère, des serments, des trente-six mensonges et des quatre vérités.

Il avait eu un chien, il était mort. Un ami, il l'avait perdu de vue. Un enfant, il était devenu une jeune fille idiote, une épouse plus chatouilleuse de la moquette que du miaou, une mère de famille plus soucieuse de la propreté des oreilles que de celle du cœur. Debedeux soupira à fendre le tronc du marronnier. Personne ne l'aimait. Personne. Que ces deux cinglées, que ces deux follingues qui lui gâchaient la vie, sa triste vie de cadre supérieur à quinze ans de la retraite des cadres. Il n'en profiterait pas, de la retraite. Elles lui auraient auparavant bouffé les abats, caillé le lait, pompé le sang, calciné les globules...

D'un pied mélancolique, il emprunta la rue de l'Abbé-Louchard.

A l'autre bout de la même rue de l'Abbé-Louchard, Captain Beaujol apparut, guilleret, un chardonneret sous le calot. Il ne prisait guère la vue des civils trop bien vêtus, insulte à la misère du fantassin français, allait se détourner avec dédain de celui qu'il croisait, quand il le reconnut. Il s'écria, enthousiasmé :

— Paul !

Debedeux s'arrêta, mécontent, surpris de l'aspect de l'individu mi-clochard, mi-déserteur qui l'interpellait aussi allégrement.

— Paul ! glapissait Beaujol de plus belle, ce vieux Paul ! Je te croyais mort quelque part dans le djebel, les deux prunes cousues dans la bouche ! Oui, puisque je retrouve un vieux frère si fidèle, ma fortune va prendre une face nouvelle !

L'énergumène agaçait Debedeux. Il fit, cassant, en homme accoutumé aux rapports avec les subalternes :

— Excusez-moi. A qui ai-je l'honneur ?

Le Captain Beaujol faillit démolir le cadre Debedeux d'une tape amicale :

— L'honneur ! L'honneur ! Toujours aussi marrant, l'animal ! Toujours le même ! Pas changé ! Sacrée vieille charogne !

— Je vous assure...

— Il m'assure ! Il m'assure ! Vaut mieux entendre ça que de s'appeler Boumediene ! Poirier, nom de Dieu! Poirier! Jeannot Poirier, ça ne te dit rien?

Debedeux se fendit enfin d'un sourire de circonstance :

— Si... Mais c'est très loin, n'est-ce pas? Un peu vague...

— Tu m'as l'air vague! On a été à la communale ensemble, on a couru côte à côte nos premières gonzesses! La petite Juliette, tu t'en souviens pas, peut-être, celle qu'avait des meules qui rendaient dingue tout le quartier? La fille de la mère Saute-au-zob?

— Je ne vois pas, avoua Debedeux, submergé par ce brusque résumé d'histoire de France.

Fugace, une ombre obscurcit les gros yeux de Beaujol :

— Tu me l'avais piquée sous le nez. Et c'est toi qui l'as sautée derrière la gare, dans une baraque à outils du P.L.M.

— Ah bon? murmura Debedeux, qui n'avait gardé aucun souvenir de cet intermède érotico-ferroviaire.

Écrasé par ce lourd passé, Captain Beaujol hocha la tête :

— J'ai jamais eu de pot avec les femmes...

— Moi non plus... ne put s'empêcher de déclarer Debedeux.

Beaujol se secoua :

— Laissons les chagrins où qu'y sont, surtout ceux qu'ont une grande barbe. Où que tu vas, comme ça?

— Au métro.

La modestie de cette destination ramena Debedeux au quotidien. Ce Poirier tombé d'un ciel noir

n'arrangeait rien. D'autres cadres pouvaient l'apercevoir en compagnie d'un aussi piètre personnage,
en tirer des conclusions fâcheuses sur la qualité de
ses fréquentations.

— Je t'accompagne, décida l'importun.

— Ce n'est pas la peine, Poirier.

— Si, si, on va pas se quitter comme ça.

Excédé, Debedeux reprit sa route, accompagné
de cet ami d'enfance à vous faire regretter d'avoir
eu une enfance faubourienne.

— M'appelle plus Poirier, mon vieux Paul. On
m'a débaptisé. Les copains m'appellent plus autrement que Captain Beaujol.

— De mieux en mieux, songea douloureusement
Debedeux.

Mais son camarade s'émerveillait :

— A part ça, dis donc, comment que t'es sapé!
T'es fringué comme un mort! Les morts, t'as pas
remarqué qu'on leur collait toujours leurs habits du
dimanche, dans le cercueil? Enfin, toi, c'est pas le
cas. Beau comme un litre! Où que tu bosses?

Debedeux lâcha en hâtant le pas :

— Dans un bureau d'études aéronautiques.

— Tu dois pas le balayer souvent, sacrée vieille
noix, le burlingue!

— Je suis coordinateur des affaires internationales.

— Sacrée vieille saucisse, gloussa un Captain
Beaujol que n'impressionnaient guère les réussites
sociales en dehors de l'armée, moi, j'étais sergent-
chef. La retraite n'est pas proportionnelle aux
immenses services rendus mais, hein! tant pis, j'ai
ma conscience pour moi! J'ai fait du bon boulot,
avec mes hommes! On en a cassé, du Viet et du

Fellouze! Des pleins wagons! Si on n'avait pas été trahis, vendus, poignardés dans le dos, on y serait encore, pavillon haut, en Indo et chez les bicots!

— Sans doute, sans doute, marmonna Debedeux.

Il n'estimait pas digne de sa position de partager le racisme ahuri des classes moyennes, professait des idées libérales, votait même hardiment centre gauche.

A l'allure qu'il imprimait à leur marche, ils ne tardèrent pas à arriver devant la bouche du R.E.R. Soulagé, Debedeux tendit la main à Beaujol :

— Eh bien... au revoir...

— C'est ça! tonitrua Beaujol, ce qui fit tressaillir quelques voyageurs et mit Debedeux au supplice. Mais faut qu'on se revoie! Pour me trouver, c'est pas dur : tu vas rue Maurice-Thorez, celle qui donne dans la rue Marcel-Cachin, anciennement rue André-Marty, au coin de la rue Paul-Vaillant-Couturier. Y a un bistrot à l'enseigne du Café du Pauvre. J'y suis toujours fourré. On arrosera ça, et pas au jus de fruit, fais-moi confiance!

— Entendu, entendu, lança Debedeux pressé d'en finir, un pâle rictus aux lèvres. C'était vraiment le jour des emmerdeurs, et il venait à peine de commencer!...

L'infortuné cadre subit encore une dernière bourrade fraternelle avant de s'arracher à l'affection de ce traîneur de sabre.

Captain Beaujol le regarda s'éloigner, haussa les épaules :

— Pauvre vieux Paul! Ça gagne sa croûte à coup de cravate. Ça court. Ça arrive à l'heure. Ça boit même pas. Ça vit pas. Ça fonce à la mort. Il était pas comme ça. Faut pas vieillir...

Il tourna les talons, aperçut la femme de sa vie, une ménagère chargée d'ans et de cabas, l'aborda gaillard, reçut une gifle, cingla sans se démonter vers le Café du Pauvre.

Chanfrenier appartenait au genre concon, voire con tout court dans ses grands jours.

Selon la sagesse des nations, qui professe que l'andouille prolifère partout au monde et au cœur de toutes les couches sociales, Chanfrenier exerçait ses talents multiples dans les couloirs de ce R.E.R. que venait justement d'emprunter Debedeux.

Il énonçait du haut de sa casquette, entre autres inconséquences, que le travail est sacré, qu'il est salubre de mourir pour la patrie, que tous les chats sont tuberculeux, les géants débonnaires, les grandes douleurs muettes; que l'argent ne fait pas le bonheur, qu'il est égoïste de n'avoir point d'enfants, qu'il n'aimait pas les flics mais qu'il en fallait, que la jeunesse était pourrie, que la France donnait le *la* à l'univers et que l'étranger bavait d'envie devant notre incomparable infrastructure routière.

Né dans la Réserve, cet Indien aux joues molles montait parfois en chaire au Café du Pauvre pour y évangéliser Camadule, Poulouc et Beaujol, guider Lafrezique dans le choix de ses médications, excéder Germaine de conseils culinaires.

Il surveillait, ce matin, Poulouc et Camadule qui jouaient au 4.21. Les dix chiens se promenaient de moins en moins, passaient la moitié de leur vie à l'intérieur de la remise du brocanteur, quelque peu abrutis par les barbituriques que contenait leur pâtée. Les maîtres s'étonnaient de leur apathie, Poulouc en éprouvait du remords, envisageait de renoncer à cet emploi trop absorbant, s'apprêtait à se « recycler » dans une autre combinaison que, par malheur, il n'avait pas encore trouvée, pour l'avoir jusque-là recherchée sans trop d'acharnement...

— 3.22 en trois coups, déclara, piteux, Camadule, c'est pas l'Amérique.

— C'est de ta faute, aussi! intervint le frelon Chanfrenier, fallait pas laisser les 2!

Ravi de cette diversion à ses déboires, Adrien Camadule se braqua vers l'employé modèle :

— Je te cause, métro-boulot, je te cause?

— Je regarde le jeu, je peux donner mon avis!

— Non! D'abord, on joue pas, on travaille. Et puis, comment que ça se fait que toi tu travailles pas, aujourd'hui, métro-dodo?

— C'est mon jour de congé. Parce que, quand on travaille, monsieur Camadule, on a droit à des congés!

— Je suis pas contre, encore qu'on en a beaucoup plus quand on fout rien, pas vrai, Poulouc?

Les deux professionnels de la flânerie appliquée dans l'espace éclatèrent d'un rire insultant. Chanfrenier en rougit :

— Il n'y a vraiment pas de quoi se vanter d'être des inutiles dans une société!

— Si, métro-zéro, il y a de quoi! Il y faut une intelligence de chaque instant. La paie nous tombe pas tout rôtie à la fin du mois, à nous autres. On a du souci à se faire!

— On le dirait pas.

— On s'en fait pourtant terrible, fit Poulouc prenant le relais, mais ça se voit pas parce qu'on est

54

des durs, des agents secrets du zinc, des paras du Beaujolais, des aventuriers du matelas! A la pensée qu'on n'aura pas de retraite, on se ronge, on tremble, on se réveille la nuit en sueur, on pousse des cris!

Chanfrenier se demanda si le jeune homme ne se payait pas légèrement sa tête sur les bords. Incertain, il grommela :

— Moi, je l'aurai, en tout cas, et bien méritée! Et vous mendierez sur les routes, affamés, misérables!

— Arrête, tu vas nous faire pleurer, métro-mulot!...

— M'appelle plus comme ça, Adrien, ou je me fâche!

— Te fâche pas, métro-ballot! On rigole!

Chanfrenier, pincé, se révolta :

— Je rigole pas avec le travail! C'est grâce à lui que je nourris ma famille, que j'ai fait construire mon pavillon, que j'ai ma petite auto! Si j'ai voté de Gaulle-Pompidou-Giscard, c'est pour qu'on me prenne pas tout ce que j'ai! Pour pas que des Bonnot, des Ravachol, des anarchistes comme vous deux me le piquent!

— Mais on n'en veut pas, éclata Camadule, de ta sainte famille à prix fixe, de ta télé par traites, de ta baraque à crédit, de ta bagnole à tempérament! On veut rien! Rien du tout! Et on pique rien! Pas un clou! On n'attend pas que l'État nous donne le biberon, on se le boit tout seuls comme des hommes. Ça t'emmerde, hein, qu'on marche pas au sifflet, qu'on dise pas bonjour, s'il vous plaît, qu'on soulève pas la casquette. Pourquoi que ça t'emmerde? T'as qu'à faire comme nous.

— Merci bien, ricana Chanfrenier, pour avoir à peine de quoi boire et manger !

— Ça tombe bien, on a besoin de rien d'autre ! lança Poulouc.

Chanfrenier le toisa avec commisération :

— Encore, Camadule, je comprends, il a sa vie derrière lui. Mais toi, mon petit gars, toi !

— Je l'ai devant moi ? C'est pour ça que je veux pas la perdre, ni dans le R.E.R. ni ailleurs. Je veux la regarder passer comme si c'était une fille, et me dire qu'elle avait des jolies jambes.

Captain Beaujol entra, s'illumina en apercevant ses deux amis. Il y avait en Beaujol un quelque chose qui ressemblait à une tendresse mal ficelée, raccommodée de partout, mais qui suintait sans honte de ses yeux proéminents. Quand il serrait les mains de Camadule et de Poulouc, c'était sur son cœur.

Captain Beaujol portait au fond de lui un terrible secret. *Il n'avait jamais tué personne.* Pas un seul Viet. Pas une moitié d'Arabe. Pas un chat.

Plus peureux qu'un lombric, il avait été écarté de tous les théâtres d'opérations où il avait brillamment tenu le rôle de Gugusse. Il n'avait fait carrière que dans l'intendance, les lentilles et les distributions de croquenots. Il en avait souffert, pleuré sous ses couvertures kaki.

Ses rêves meurtriers s'étaient à la longue noyés dans les brocs de vin des réfectoires. Il ne les réalisait qu'en paroles, ici, en ce Café du Pauvre, le seul endroit sur terre où quelqu'un feignait de le croire depuis qu'il avait quitté l'uniforme. A l'usure, les petits marcs aidant, il avait cru lui-même à ses massacres, à ses patrouilles de la mort, à ses répugnantes boucheries de « niaquoués » ou de « biques ». Il n'avait connu que sur le tard, et en imagination, l'ineffable bonheur des reîtres, celui d'être couvert de rogatons humains, de débris de cervelle, de flots de sang...

La possibilité de l'irruption, dans son bistrot, d'un ancien de son régiment le rembrunissait parfois. A la pensée que son imposture guerrière pût un jour être dévoilée en public, il n'attrapait plus son verre qu'en tremblotant.

Chanfrenier ne s'avouait pas vaincu. Il persifla, désignant Beaujol aux deux autres :

— En voilà toujours un qui l'accepte le biberon de l'État ! Et les deux mains ! Sa retraite de sous-off', il l'a eue bien avant moi, un travailleur !

Captain Beaujol avait tous les courages depuis qu'il n'était plus dans le collimateur des armes algériennes. Il secoua d'importance Chanfrenier par le col de sa veste :

— Qu'est-ce que tu chantes, embusqué, qu'est-ce que tu baves ? Je l'ai pas volé, moi, le biberon de l'État, comme tu dis ! Il a fait des trous dans l'ennemi, Beaujol, pas dans les billets, comme toi !

— On fait plus de trous dans les billets depuis longtemps, bredouilla Chanfrenier soucieux de vérité historique.

— Sans des gars comme Beaujol, sans les héros qui se sont sacrifiés pour des foireux de ton genre, tu sais où qu'ils seraient, les biques, espèce de grosse larve, de moule pas fraîche, de bouton de pus ? Ils seraient pas dans les bidonvilles, ils défileraient sur les Champs-Élysées, Boumediene en tête et à cheval ! Ils violeraient nos femmes et nos enfants, ils nous cracheraient à la gueule, ils feraient du méchoui avec ta bidoche de vieux travailleur!

Chanfrenier ne se défendait plus, ce qui décuplait la vaillance de Beaujol. Camadule calma les ardeurs de son riz-pain-sel d'ami :

— Laisse tomber, Captain. Métro-fayot, c'est pas un homme, c'est la foule.

Captain Beaujol obtempéra, relâcha sa proie :

— Tu as raison, Adrien. Si je n'avais pas un immense empire sur moi-même comme tous les anciens des commandos, je finirais par lui claquer le beignet à ce fainéant, à cet inutile.

— Fainéant, moi, inutile, moi!... répéta Chanfrenier accablé par tant d'injustice, c'est le bouquet!...

Poulouc revint à la piste de 4.21, ramassa les dés et fit, ironique, à l'adresse de Camadule :

— On cause beaucoup, ici, mais c'est bien 3.22 en trois coups que t'avais fait, Adrien?

Paul Debedeux, boulevard des Italiens, dans son bureau style « design », était à cent lieues de la cordiale atmosphère qui régnait dans le Café du Pauvre.

Denise Vacherin, vingt-quatre ans, sa secrétaire et sa maîtresse depuis six mois, se montrait en tous points digne de son acariâtre épouse.

« L'amour est un éternel recommencement quant aux emmerdements », songeait Debedeux.

Denise était une petite brune aux yeux noirs, de celles que l'on prétend piquantes sans penser aux orties, aux guêpes, aux seringues. Sophie Debedeux avait été, elle aussi, en son temps, petite brune non moins piquante aux yeux noirs. Tant de continuité dans la malédiction désolait Debedeux.

« Il faudrait que je tâte, se disait-il, de la grande blonde aux yeux bleus, mais ce sera encore pareil. Pareil! Pareil! Peut-être pire! »

Denise s'était mis sous ses cheveux sombres, depuis quelques semaines, l'aberrante idée de devenir la madame Debedeux n° 2 et, bien sûr, d'éliminer sans tarder la première, condition *sine qua non* pour la célébration des secondes noces.

Pour avoir la paix, Debedeux n'avait que mollement repoussé, au début, cette suggestion. Pour avoir la paix, il y avait peu à peu souscrit. Pour avoir encore la paix, il avait promis de parler divorce à Sophie. Il devait justement, la veille, lui annoncer l'heureuse nouvelle. Toujours pour avoir la paix, il s'en était prudemment abstenu, préférant et de loin s'endormir face à un intéressant documentaire sur la fabrication des verres de lampe en Bohême-Moravie, œuvre qui passait à la télévision.

Denise l'avait cueilli au foie dès qu'il était entré dans le bureau, un bureau où il avait été heureux jadis quand sa secrétaire s'appelait madame Patapon, louchait, et ne l'entretenait que de ses petits-enfants, charcutiers à La Baule...

— Alors? qu'est-ce qu'elle a dit?

— Rien. Elle était sortie.

— Menteur! Lâche! Tous les mêmes! Tu me dégoûtes! Non, ne me touche pas! Tu ne me toucheras plus jamais, effrayant maniaque! Jamais plus tu ne poseras tes sales pattes sur mes melons d'eau!

— Quels melons d'eau? bégaya Debedeux sidéré.

— C'est comme ça que tu appelais mes fesses,

quand tu m'aimais! Tu ne t'en souviens plus, vieux bouc, de mes melons d'eau, de mes cuisses d'albâtre et de mes seins de Tanagra! Ah! tu m'aimais! Tu voulais simplement te repaître des merveilles de mon corps, fouler les sentiers fleuris de ma chair comme tous les cochons que j'ai rencontrés avant toi!

Tant de mauvaise littérature amoureuse pétrifiait Debedeux. Mais déjà le Tanagra de choc écumait de plus belle :

— Ah! elle était sortie! Et tu sais où elle était?

— Chez sa mère, je crois...

— Pauvre cocu! Elle s'envoyait en l'air avec les voisins, oui, comme elle le fait depuis toujours!

— Les voisins? répéta Debedeux stupide.

— Oh! je me suis renseignée, mon pauvre Paul! Je n'avance rien en l'air. Eh bien, je serai plus courageuse que toi, parce que je t'aime, moi, je t'aime comme une bête! Je vais la rencontrer, ta putain, et mettre les pieds dans le plat!

— Quel plat? reprit Debedeux de plus en plus abruti.

— Tu es idiot, ou quoi? J'irai lui arracher les yeux, à ta vieille morue, et je les jetterai dans le ruisseau pour les pourceaux et les chacals!

Un appel providentiel du président-directeur général de la « Bang-Bang Aéronautique » arracha Debedeux à l'affection d'une des siennes, le délivra de ce vocabulaire animalier.

Il respira enfin à l'aise dans le bureau de monsieur Malbrunot. Monsieur Malbrunot l'enchanta, qui n'avait pas, le brave homme, l'ombre d'un melon d'eau, pas un soupçon de cuisse

d'albâtre. Au terme de leur conversation professionnelle, monsieur Malbrunot s'enquit, civil :

— Assez parlé de « Bang-Bang Aéronautique »
pour aujourd'hui, mon cher Debedeux. Comment
va votre femme ?

Debedeux lâcha inconsciemment :

— Elle m'emmerde.

Monsieur Malbrunot sursauta. Debedeux, effaré,
s'excusa :

— Pardonnez-moi. Ce n'était pas ce que je
voulais dire...

La surprise passée, monsieur Malbrunot eut un
fin sourire :

— Non, non, mon cher Debedeux. C'était un cri
du cœur. Je vous comprends. Je vous comprends
d'autant mieux que, confidence pour confidence,
madame Malbrunot m'emmerde également. Ne
tressaillez pas, Debedeux. Vous n'êtes pas une
exception. Nous devons même être une bonne
dizaine dans ce cas en France. Gardez tout cela
pour vous, mais je ne me sens bien qu'ici, dans
mon bureau. Si je le pouvais, j'y coucherais ! Hélas,
elle viendrait me rechercher...

L'œil de monsieur Malbrunot s'obscurcit, sa voix
frémit pour conclure méchamment :

— ... la vieille bourrique !

Debedeux murmura, le regard en catastrophe sur
la moquette :

— J'étais comme vous, monsieur Malbrunot.
Mon bureau, c'était le paradis, du temps de
madame Patapon.

— Il ne l'est plus ? Pourtant, mademoiselle
Vacherin est délicieuse !

— Elle m'emmerde.

Le président-directeur général sursauta derechef :

— Elle aussi ?

— Oui, monsieur Malbrunot. Elles m'emmerdent toutes ! Toutes ! Je suis pris entre deux
feux de cheminée, et c'est à celui qui fera le plus de
fumée...

Monsieur Malbrunot était d'un naturel compatissant :

— Comme je vous plains, mon cher Debedeux !

— Merci, monsieur Malbrunot.

— Mais vous n'auriez peut-être pas dû courtiser
mademoiselle Vacherin ?

— Pouvais-je savoir qu'elle allait se mettre à
ressembler à ma bonne femme au point de vouloir
m'épouser à son tour ?

La président-directeur général s'anima, parcou-
rut le bureau à la façon d'une mouche sous un
verre, cria les bras levés :

— Si ! Justement ! Vous auriez dû le savoir !
Vous êtes un enfant, Debedeux. Toutes les mêmes,
je vous le dis, toutes ! J'ai soixante ans et depuis
soixante ans elles me font chier, Debedeux ! Oui,
oui, ne sourcillez pas, chier, et le mot est d'une
faiblesse à vous faire douter de la prétendue
richesse de la langue française. Mon artérite, c'est
elles ! Mes crampes d'estomac, encore elles ! Mes
palpitations, mes étourdissements, toujours elles,
elles toujours ! Mes cheveux blancs ? Celui-là, c'est
Simone, celui-là c'est Myriam, celui-là s'appelle
Michèle, cet autre Mathilde. Ils ont tous un
prénom féminin, tous ! Sans parler de ceux que j'ai
perdus à cause d'elles, de mes dents qui se sont
usées à grincer pour elles, ni de mes rides qu'elles

ont creusées de leurs griffes de louves! Elles ont fait de ma pauvre vie un enfer auprès duquel le véritable enfer fait figure de bar du Ritz. Écoutez-moi, Debedeux, foutez-les dehors pendant qu'il en est temps encore, et à grands coups de pied dans ces fameuses fesses qui nous coûtent si cher! Dehors! Sans pitié! Si vous ne le faites pas, c'est l'infarctus! La mort! Le Père-Lachaise!

Il s'assit, exténué, s'épongea le front, siffla entre ses lèvres serrées :

— Les salopes!... Les vaches!... Les mantes religieuses!... Les égorgeuses!... Les arsenics à pattes!...

Il se releva en titubant, s'en alla broyer les deux mains de Debedeux :

— Suivez mes conseils, mon ami. Dehors! Dehors, madame Debedeux! Dehors, mademoiselle Vacherin!

Il reprenait son sang-froid et, brusquement canaille :

— Au fait, entre nous... Mademoiselle Vache-rin...

— Oui, monsieur Malbrunot?

— Eh bien..., c'est comment?

— Comment, quoi?

— Enfin, Debedeux! Soyez un peu plus ouvert! Au lit, voyons!

— Beuh...

— Debedeux, nous sommes entre hommes. Bref, comment elle baise?

Debedeux haussa des épaules chargées de sacs de pommes de terre :

— Comme vous et moi, monsieur le directeur.

Comme tout le monde, comme d'habitude, n'importe quoi, n'importe comment, toujours pareil...

Et il fit à son supérieur un pauvre clin d'œil empreint d'une infinie tristesse.

C'était l'heure de la prière du soir devant le zinc du Café du Pauvre. Captain Beaujol, Camadule et Poulouc se jouaient l'apéritif au 4.21, sous l'œil de maman Turlutte et de quelques autres habitués de la Réserve.

Il y avait là Bricolo, le dernier des rémouleurs, Ballamolles, le dernier des rétameurs, Travadja, le dernier des chanteurs de rue, tous accrochés à leurs métiers périmés, dérisoires à l'époque de l'électronique. Ils en vivotaient encore, mais leur gaieté avait laissé pas mal de plumes dans les ordinateurs.

Naufragés de la Méduse industrielle, ils se serraient les coudes autour de ce comptoir magique, et buvaient quelque peu pour oublier le monstre attaché à leurs fonds reprisés de culottes, la casserole ficelée à la queue des vieux chiens édentés.

Poulouc, qui avait perdu, régla donc la sixième tournée. Camadule, qui en avait déjà payé quatre, le morigéna :

— T'en fais une tête, mon gars! C'est quand même pas parce qu'on t'a ratatiné pire qu'en 40!

— Non. Ça, c'est la loi du sport. Mais tu sais que j'en ai marre, de faire la nurse à clébards. Depuis ce matin, je me creuse pour trouver un autre job. Et je vois rien briller à l'horizon...

Captain Beaujol intervint, sentencieux :

— Si Beaujol avait une mère fille de joie...

Le jeune garçon rougit :

— Si Beaujol était poli, ça ne dérangerait pas Poulouc...

— Excuses ! Rectification : si ma mère était pute...

— Je préfère.

— ... je serais son maquereau. Pour une fois qu'un hareng se pêcherait dans la descendance...

Camadule, tenté, approuva :

— C'est une solution honorable.

Poulouc s'indigna :

— Vous me dégoûtez. Vous n'avez aucun sens moral, tous les deux. La dignité humaine, pour vous, c'est vraiment de l'eau minérale. Bien sûr qu'elle m'entretiendrait, Zulma, si je le voulais. Elle m'a même offert une bagnole décapotable, mais j'ai refusé. J'ai ma fierté, moi, je suis pas une cloche.

— Tu dis qu'on est des cloches ? grogna Camadule contrarié.

— Dis-le, qu'on fait ding dong ! grommela Beaujol en écho.

— Mais non !

— Mais si !

— Adrien, sois pas pomme. Y a seulement que je veux rien devoir à personne. Votre liberté, elle est à vous, je veux me fabriquer la mienne.

— C'est déjà mieux, admit Camadule.

— Ça commence à se comprendre, reconnut Beaujol attentif à calquer ses réactions sur celles d'Adrien, un homme encore plus intelligent que lui-même.

— Zulma, c'est pas le R.E.R. ! Je suis pas Chanfrenier ! expliqua encore le garçon.

65

— Tu seras un homme, mon fils! fit Camadule avec force à défaut d'originalité.

Captain Beaujol revint chaleureusement à son obsession favorite :

— Ça, on peut dire qu'il les a pas cousues dans la bouche, le môme!

Maman Turlutte se mêla à la conversation. Sa cure de petits blancs du soir avait quelque peu débordé sur sa cure de petits blancs du matin :

— En parlant de putes, c'est affreux ce qu'on peut voir comme chagrin, en ce moment. Dans le temps, y avait que les présidents de la République qui y passaient. Maintenant, c'est le tour des ecclésiastiques. L'autre jour, c'était un cardinal. Aujourd'hui, un évêque qu'on ramasse les bras en croix sur Saint-Denis. Demain, si ça continue, ça sera le pape qu'on trouvera éponge sous un pont...

L'impie Camadule osa rigoler sans vergogne :

— Ces pèlerins-là, ça n'a pas de santé. Une gâterie, ça n'a jamais flingué un type normalement constitué, au contraire! Ça remue le sang. C'est kif-kif de la jouvence de l'abbé Soury, pour rester dans la corporation.

Maman Turlutte minauda :

— Ce que vous pouvez être coquin, Adrien! Que faites-vous de la pudeur des femmes, petit polisson, petit voyou?

— C'est égal, poursuivit Camadule pour élargir le débat, autrefois, ils faisaient ça entre eux. A présent l'Église participe à la vie active, la chrétienté est en marche et n'hésite plus à descendre dans la rue!

— Fais pas dans l'anticléricalisme primaire, Adrien, l'admonesta Poulouc. Pense un peu à ton âme. C'est pas un café arrosé, ton âme. Regarde ma mère : elle va à la messe tous les dimanches. Même qu'elle fouette le curé. Il dit que c'est pour sa pénitence, et elle le fait pas payer. C'est ses bonnes œuvres, à maman.

— Très bien, décréta maman Turlutte, qui croyait en un quelque chose de mystérieux au-dessus de nous, elle ira au ciel, ta mère.

— Si elle y allait pas direct, elle serait vachement volée! maugréa Beaujol, qui avait, lui, le sens de l'équité.

Tous ces soucis théologiques, métaphysiques, voire mystiques, n'étaient certes pas ceux de Debedeux sortant le même soir du R.E.R. pour rentrer chez lui. Chez lui où l'attendait Sophie, gelée, glacée, ses yeux au court-bouillon, sa soupe à la grimace. Émérite fouilleuse de poches, lectrice obstinée d'agendas, elle n'ignorait rien de l'existence de Denise, qu'elle traitait avec véhémence de putain.

— Il faudrait savoir, soliloquait Debedeux en se dirigeant à pas lents vers la guillotine. Elles se traitent toutes les deux plus bas que terre, et me méprisent par-dessus le marché. D'après elles, je ne couche qu'avec d'infectes morues, mais elles oublient que je ne couche qu'avec elles. Tout ça n'est pas logique. Féminin, oui. Cartésien, non!

L'attaché-case lui pesait, le cœur aussi. Dehors! Il en parlait à son aise, monsieur Malbrunot. Sa femme à lui était toujours dedans, parfaitement dedans et dedans pour la vie, non? Les femmes ne s'en vont jamais sauf, comme par hasard, celles qu'on aimerait voir rester. Encore une, entre autres, de leurs contradictions préférées.

Debedeux n'avançait plus qu'à tout petits pas, flottant sur des répugnances à la façon d'un aéroglisseur sur la mer. Pourquoi rentrer? Qui l'obligeait à rentrer? Rentrait-il entre deux gendarmes? Il ne rentrerait pas. Mais où aller? Dieu merci! il n'avait pas une troisième femme chez qui frapper. Alors? Il rentrerait donc tel le bœuf à l'étable, subirait les furies, les cris, les larmes, tout le tremblement de terre des épouses disjointes battant au vent.

La perspective l'écrasa net. Il s'adossa à un arbre, alluma la cigarette moisie du condamné. Il rentrait, soit, mais pourquoi tout de suite? Ne pouvait-il s'accorder un instant de répit, une heure en quelque sorte de sursis? Qui l'empêchait de se rendre dans un bar, par exemple, pour y boire un scotch? En retard ou pas, l'accueil ne serait-il pas le même?

Sophie... Elle avait été gentille trois ou quatre ans. Plutôt trois que quatre. Denise, adorable deux mois. Quels vers habitaient donc ces fruits, ces fruits qu'il avait jadis et naguère cueillis avec empressement? Il n'avait pas changé, lui! Il en était certain. Il n'était pas une femme, une crise de nerfs vivante. Il était quelqu'un de solide, d'équilibré, la « Bang-Bang Aéronautique » l'avait prouvé en lui confiant de lourdes responsabilités. Il était idiot de rentrer. Trop bon. C'était cela, trop bon avec cette garce, mille fois trop bon avec cette carne!

Il reprit son attaché-case, tourna le dos à la résidence des Tourterelles, à ses chauffages par le sol, à ses boxes individuels, à ses ridicules collectifs, à ses mémères à fourrures, à ses grenouilles suceuses de portefeuilles.

Il y avait un café près du métro. Fier de sa manifestation d'indépendance, de son dédain des conventions matrimoniales, Debedeux y pénétra sans coup férir, en homme habitué à prendre sa bourgeoise par-dessus la jambe.

L'établissement était vide, déprimant, les néons plus aveuglants que les lampes des interrogatoires policiers. Là-bas, une caissière roide ou morte se rouillait dans la ferraille de sa monnaie. Du fond de ce funérarium surgit un garçon plus sinistre qu'une assiette anglaise et qui se dirigea vers cet importun de client.

— Ça sera? demanda-t-il.

— Ce n'est pas pour la levée du corps, plaisanta Debedeux, c'est pour un whisky.

L'autre ne broncha pas, imperméable à tout ce qui n'était pas l'heure de la fermeture, au moment béni d'empiler les chaises sur les tables.

— C'est la fête, ricana Debedeux en trempant les lèvres dans son scotch, c'est la java! Si mes petites drôlesses me voyaient, elles se diraient que je me paie du bon temps!

Il pensa soudain à ce Poirier rencontré le matin, à ce « Captain Beaujol » d'apocalypse qui l'avait bassiné d'importance. Après tout, ce débris était un rebut de sa jeunesse... Sa jeunesse!... Ce qu'elle lui semblait lointaine! Et tout à coup si belle, si riche, si pleine!

Il ne connaissait alors des filles que leur sourire, que l'avers de leur médaille. Elles ne disaient pas « je t'aime » mais « tu me plais ». Les cinémas miteux de sa jeunesse lui revinrent à l'esprit. Et les baisers de sa jeunesse lui remontèrent à la bouche avec leur goût perdu de bonbon acidulé.

Ils ne remontèrent pas seuls mais avec une larme qui lui picota la paupière. Une larme, lui, lui, cadre, « Bang-Bang Aéronautique », et tout et tout !...

Elles ne portaient pas, alors, de collants infranchissables, mais des slips qui se laissaient, d'aventure, entrebâiller sur de frémissantes perspectives et des oiseaux de paradis. Elles murmuraient : « Fais attention. » Heureuses quand on leur offrait, en cachette des « potes », une bague à cent sous, un flacon de « sent-bon ». On les « plaquait », elles vous « plaquaient » sans histoires ni drames. Elles travaillaient, aussi, dans des bureaux, dans des usines, n'espéraient pas des princes charmants recouverts de dollars...

Il avala son whisky pour chasser ces fantômes de soutiens-gorge d'Uniprix, de parfums de cerise verte, ces spectres de copains disparus, ces pauvres idiots qui ne songeaient qu'à s'amuser avant d'entrer dans les carrières.

Il voulut revoir ce Poirier, emmerdeur à coup sûr, pas emmerdeuse en tout cas. Poirier lui parlerait de la petite Juliette « sautée » derrière la gare. Poirier lui rafraîchirait peut-être la mémoire, et Debedeux s'en ressouviendrait peut-être, de cette ombre svelte laissée derrière lui dans le château illuminé d'une baraque à outils du P.L.M...

Il déterra le cadavre du garçon, paya sa consommation, retrouva la nuit avec soulagement. Le bistrot du nommé Beaujol se situait rue Maurice-

Thorez, une rue populaire qui ne pouvait exister ailleurs que dans la Réserve.

Il n'y avait pas mis les pieds depuis des années, dans cette Réserve, quartier, pourtant, de son enfance. Il l'avait fuie depuis comme la peste, la peste spéciale attachée aux pauvres, la plus contagieuse de toutes. Il en avait faim tout à coup. Il se hâtait vers elle, en culotte courte, cartable sur l'épaule, des billes dans la poche, des rêves flous sous le béret. Paulo. Pas Debedeux. Petit Paulo. Pas monsieur Debedeux. Ce monsieur Debedeux de la « Bang-Bang Aéronautique » l'emmerdait, lui aussi, brusquement, et au moins autant que ses femmes.

Bricolo, Ballamolles, Travadja avaient quitté le Café du Pauvre pour regagner des pénates proches et de jour en jour plus modestes, à leur image. Germaine dressait la table de ses pensionnaires, dont Poulouc avait tout naturellement grossi le nombre. Gaston Lafrezique s'expédiait avec minutie tout un chargeur de comprimés dans le cornet. De fluet qu'il était, l'Auvergnat devenait étrangement rondouillard au fil des semaines, l'un de ses douze médecins traitants ayant eu l'idée, pour combattre ses anémies, de le soigner avec ces anabolisants chers aux lanceurs de poids et aux haltérophiles dont ils doublent le volume comme qui badine.

Maman Turlutte, un rien brisée par un abus exceptionnel de Sauvignon, ne se décidait pas à rejoindre sa loge, son chat, ses canaris, son poisson rouge, et chantonnait, l'œil vitreux perdu dans les vitres :

> *A la saison des violettes*
> *Suzon venait d'avoir seize ans,*
> *Et ses deux grands yeux innocents*
> *Ressemblaient aux douces fleurettes...*

— Beaujol dit qu'on pourrait peut-être s'envoyer le dernier des derniers, avant de casser la graine?

— Beaujol dit que des conneries, protesta Camadule. Le dernier des derniers, c'est toi. C'est vrai que tu finiras alcoolique à force de picoler, pas autrement. T'es qu'un pouilleux, Captain, parce qu'en dehors de Poulouc et de moi tu fréquentes que des pouilleux.

Beaujol, froissé, s'amarra au zinc comme à un piton rocheux :

— Moi, je fréquente que des pouilleux? Elle est raide, celle-là! T'es pas un ami, Adrien. T'es qu'une connaissance, sans plus. Mes amis à moi, mes vrais amis, ils sont de la haute. Oui, oui, de la haute, pas la peine de vous marrer comme des troncs devant le corps d'un brave petit Français mort pour la patrie! Pas plus tard que ce matin, vous savez même pas à qui j'ai causé!

— A Rothschild?

— Presque, Poulouc, presque! A Debedeux, Paul Debedeux, un ami d'enfance à moi qu'est aujourd'hui une grosse légume, une huile dans l'aéronautique, même que c'est pas facile du tout à prononcer, ça, a-é-ro-nautique. On l'appelait Paulo, Debedeux, quand on était gosses. Maintenant, c'est un seigneur et un monsieur, monsieur Debedeux!

Faut voir comment il est lingé! Comment qu'il s'exprime! Y a pas de pouilleux, mon pauvre vieux Camadule, dans l'aéronautritique, l'aéronaucritique, dans l'aréo, et puis merde!

— Allez, viens bouffer!

— Non. Je mange pas avec n'importe qui. Je vais reboire un coup avec maman Turlutte. Elle a de la sensibilité, maman Turlutte, du cœur, c'est pas une brute comme vous deux. Elle chante des jolies choses qui vous mettent l'âme en rideau à fleurs.

La porte du Café du Pauvre s'ouvrit. Beaujol épouvanté lâcha le zinc, battit l'air de ses bras, se rattrapa de justesse à l'épaule de Camadule, désigna d'un doigt tremblant l'inconnu qui venait d'entrer :

— Debedeux! C'est lui, Debedeux! Je vous avais menti, peut-être? Regardez comme il est habillé! Il en a pour deux cents sacs sur le dos! Sont tous millionnaires, dans les aéros!

L'état avancé de son camarade de communale contraria Debedeux :

— Je crois que je tombe mal, Poirier. J'aurais dû arriver plus tôt. Je vais te laisser. Je reviendrai un autre jour.

Il se trompait. Son arrivée dégrisait Beaujol aussi nettement qu'un seau d'eau sur le crâne. Captain Beaujol avait cette particularité de vivre et d'évoluer dans une ronflée à répétition avec l'aisance du macropode dans son aquarium. Des intervalles de lucidité découpaient cette cuite en tranches inégales, et il se faufilait présentement dans l'un d'eux.

— Non, Debedeux! Ne pars pas! Je viens justement de faire ton panégyrique auprès de mes copains. Panégyrique. Tu vas pas me dire qu'on est bourré quand on peut sortir ça sans que ça se bouscule, panégyrique!

De fait, cet exploit d'articulation, joint à l'insolite préciosité du terme, impressionna Debedeux.

— Vous pouvez rester, monsieur, lui dit aimablement Germaine, Captain Beaujol refait surface.

L'apparence de Debedeux épatait la patronne, la changeait des débraillés pittoresques de sa clientèle de tous les jours. En revanche, Poulouc et Camadule considéraient avec froideur ce personnage d'un autre monde, aérolithe chu de la planète Champs-Élysées. A leurs yeux, Beaujol s'encanaillait, finirait mal, cravate au cou, cigare aux lèvres et mains propres.

L'effort du Captain pour s'exprimer dignement était touchant :

— Je suis heureux que tu sois venu, mon cher Debedeux, heureux et flatté car tu n'es pas n'importe qui. Je te présente monsieur et madame Lafrezique, les propriétaires de ce sympathique cabaret. Et voilà mes meilleurs amis, Camadule et Poulouc, mes âmes damnées et mes *alter ego*.

— Enchanté, fit Debedeux en serrant les mains qui se tendaient plus ou moins mollement.

— Voilà également maman Turlutte, concierge au 8, le sourire et la féminité de cet estaminet.

Maman Turlutte, troublée, esquissa une révérence, s'emmêla les pantoufles, s'écrasa dans la sciure. Germaine la releva, la reconduisit à sa loge. Captain Beaujol expliqua, gêné par ce manque de tenue :

— Maman Turlutte suit une cure de vin blanc rapport à sa vessie. Ce n'est pas pour son plaisir qu'elle s'ingurgite du diurétique, c'est une malade.

Ne va pas, mon cher Debedeux, t'imaginer qu'elle succombe à des penchants crapuleux.

Debedeux ne l'écoutait pas, regardait autour de lui, surpris. C'était dans ce genre de bistrot qu'enfant il accompagnait parfois son père. La saveur de la grenadine qu'on lui servait à l'époque titilla sa mémoire. Il pensait ces bistrots de famille à jamais disparus, à l'instar du diplodocus et de la douceur de vivre. Il sourit à Camadule, à Poulouc, à ce pauvre Poirier qui s'échinait à policer son comportement :

— Je vous dérange. Vous alliez passer à table.

Germaine, de retour du 8, s'empressa :

— Permettez-moi de vous inviter à partager notre repas, monsieur. Nous n'avons pas grand-chose, soupe aux choux, haricot de mouton, mais c'est de grand cœur.

Une grimace dépara l'ordonnance altière du visage de Debedeux :

— Je vous remercie, madame, mais on m'attend...

La grimace se mua en un rictus de satisfaction à la Mister Hyde :

— ... et je suis déjà en retard...

L'autre charogne devait s'impatienter, là-bas, dans son cadre pour femme de cadre, autour de ses couverts signés Christofle.

— Au moins, insistait Germaine, acceptez un verre, s'il vous plaît...

L'évocation d'une Sophie arpentant avec rage des kilomètres de moquette avait détendu Debedeux.

— Je vais vous faire rire, madame, et vous aussi,

messieurs. J'accepte votre verre, mais ce sera un verre de grenadine.

Camadule et Poulouc dévisagèrent, hostiles, le pauvre Beaujol qui avait rougi sous l'offense. Debedeux s'aperçut de la gêne provoquée par son vœu saugrenu. En somme, il avait laissé échapper une incongruité pendant la messe... Il se justifia :

— C'est en souvenir de mon père. Quand j'étais gosse, il me payait toujours une grenadine dans des cafés pareils à celui-ci. Je ne sais pas pourquoi, mais quand je suis entré ici cette grenadine m'est revenue à l'esprit...

Camadule lui rendit enfin son sourire. Camadule plongeait aussi secrètement de temps à autre dans les eaux pures du passé, ces eaux vertes et bleues où le corps n'a plus d'imperfections, n'a plus de pesanteur. Camadule comprenait ce que signifiaient ces ombres de regret, ce que leur robe dissimulait d'un peu poignant. Il se plaça tout à coup aux côtés de Debedeux :

— Moi aussi, je prendrai une grenadine. Y a pas que les femmes enceintes qu'ont le droit d'avoir des envies.

— Excuse-moi si j'en bois pas, Debedeux, balbutia Captain Beaujol, mais j'ai peur que ça me barbouille, que ça me fasse gerber, je voulais dire vomir.

— J'avais saisi, bougonna Debedeux subitement peiné qu'on eût à lui traduire le langage musclé de son enfance.

Timide, il posa une main sur l'épaule de ce Camadule dont la tête et le beau geste lui plaisaient :

— Ne vous en faites pas, monsieur Camadule, nous boirons autre chose après.

Camadule rit :

— Je l'espère bien! Mais, Debedeux, dis-toi qu'ici il n'y a pas de « monsieur ». Ici, on prend, ou on jette. Je te prends. A cause de ta grenadine. C'est pas parce que t'as une cravate que t'es pas un homme. Moi, j'ai qu'un racisme : j'aime pas les cons !

La main de Debedeux se fit plus lourde, plus amicale sur le veston de Camadule. Il se rendait compte avec effarement que personne, à part ses femmes, et Beaujol ce matin, ne le tutoyait plus depuis longtemps. Il était devenu un de ces « messieurs » qu'abhorraient ceux qui ne l'étaient pas. Un « monsieur » bien. Un pauvre type.

— Merci pour ce que tu viens de dire, Camadule. Merci.

— Y a pas de quoi.

Il y avait de quoi, pour Poulouc. L'adoption de Debedeux par Camadule était, pour le jeune ami du brocanteur, le plus sérieux des labels de qualité. Il s'approcha de lui pendant que Germaine versait les grenadines et les Pernod :

— Alors, d'après Beaujol, tu travailles dans l'aéronautique?

— Oui. Dans un bureau d'études.

— Tu sais que c'est pas drôle, de travailler?

Debedeux fit, résigné :

— Il le faut bien.

Poulouc secoua négativement ses cheveux longs :

— Non, il le faut pas obligatoirement. Faut pas dire ça. C'est renoncer. Abdiquer sa dignité humaine. Je travaille pas, moi. Je me débrouille à droite et à gauche. Je suis un chien sans maître, je fouille dans les poubelles et y a toujours un os pour moi dans les poubelles.

Debedeux le fixa, amusé par ce prosélytisme inattendu :

— C'est une théorie intéressante.

— C'est pas une théorie, puisque je la pratique. Regarde les pains.

— Les pains ?

— Tu as le pain aux raisins et le pain à la sueur de ton front. Lequel tu vas manger ? Y en a un qu'est dégueulasse. C'est une parabole.

Captain Beaujol protesta :

— Casse-lui pas les pieds avec tes paraboles. Tu vas te péter un cercle, Poulouc, à réfléchir comme ça !

— Je réfléchis pas, je donne à réfléchir.

— Pour Beaujol, c'est tout réfléchi ! Il y comprend que dalle, et les autres pas davantage ! Allez, on trinque ! A l'amitié, et mort aux biques !

Camadule et Debedeux avalèrent leur grenadine. Camadule eut une moue douloureuse :

— Qu'est-ce que tu en penses ?

Debedeux soupira :

— J'en pense qu'on a quand même bien fait de grandir... Madame, s'il vous plaît, donnez-moi un whisky.

— Y a pas de whisky, trancha Camadule. On n'est pas en ville, ici. Y a pas l'heure exacte non plus. Y a même pas d'heure du tout. Fais comme moi, prends un Pernod.

Ils le burent. Debedeux lui découvrit un heureux bouquet de soleil, de mer, de vacances.

— Qui c'est qui t'attend, chez toi ? Ta bonne femme ?

— Oui, avoua sombrement Debedeux.

Ce retour aux réalités lui gâchait tout à coup la lumière de cet apéritif. Ce changement à vue émut Camadule :

— Elle t'emmerde ?

Debedeux explosa en morceaux :

— Oh! oui alors, qu'elle m'emmerde! Elle m'emmerde jusqu'au ruban de mon chapeau! Vous pouvez pas savoir ce qu'elle peut m'emmerder, cette nom de Dieu de connasse!

Il avait tourné au cramoisi. Germaine avala de travers son Dubonnet, épouvantée de constater aussi brutalement que l'habit ne faisait même plus le gentleman. Debedeux s'aperçut que, de ce côté-là, son « image de marque » allait vite se gondoler sous la pluie :

— Je vous prie de m'excuser, madame Lafrezique, mais c'est hélas! la pauvre vérité. Moi qui n'avais qu'amour, égards et respect pour le beau sexe, le monstre qui porte mon nom m'accule à la misogynie! J'ai épousé une blatte, un cancrelat, un cloporte! Si, madame Lafrezique, j'ose prétendre de Sophie qu'elle m'emmerde, c'est uniquement par galanterie. Quelqu'un de mal éduqué pourrait se montrer aisément plus grossier.

— Trouves-en une autre, suggéra Captain Beaujol bouleversé par l'infortune de son ami.

Debedeux ricana :

— C'est fait!

— Et c'est pas mieux ? lança l'intuitif Camadule.

— C'est pire. Elle m'emmerde encore plus que l'autre, si c'est possible. Entre elles, c'est une lutte au couteau, un *mano a mano* sans merci à celle qui aura la peau de Debedeux, fera de Debedeux un dément hagard errant dans la nuit sous les éclairs, dispersera dans un ossuaire le squelette disloqué de Debedeux!

Cette majestueuse péroraison chut dans un silence général.

— Ma tournée, s'il vous plaît! murmura Debedeux tout en repoussant de l'index son feutre sur sa nuque.

— Tu veux que je te dise, Debedeux?

— Dis, Camadule...

— Tu rentres pas. Tu restes dîner avec nous.

Debedeux rugit, enthousiaste :

— D'accord!

Des acclamations accueillirent cette décision énergique. Elles fouaillèrent Debedeux de plus belle :

— Elle se les becquetera, toute seule, nos biscottes, nos tranches de jambon de régime, nos salades déshydratées, désespérées, nos saloperies sans sel, sans matières grasses, sans rien qui bouge, sans rien qui chante! Ce soir, je mange à ma faim, je bois à ma soif, je vis à ma vie!

— Tu as bien fait de passer, Debedeux, assura Poulouc. Tu vas refleurir.

— Petit, fit Debedeux en le prenant aux épaules, ne fais pas l'andouille. Ne te marie jamais. Si tu en vois une qui te plaît, ne la regarde pas une seconde de plus, saute dans le premier Jet pour la Nouvelle-Zélande! Si, en Nouvelle-Zélande, tu en rencontres une qui ne te déplaît pas, n'hésite pas! Repars illico en Boeing pour l'Alaska!

— Moi, pleurnicha Captain Beaujol, j'ai failli me marier deux fois. Y en a une qu'est partie et l'autre qu'a cassé sa pipe...

— Heureux Beaujol! Deux d'un coup! admira

Debedeux, il y en a qui ont de la chance. Ça ne m'arriverait pas, à moi, un doublé magique comme ça!

Beaujol entendait mal comment ses chagrins devaient virer sur l'aile à la plus profonde des béatitudes :

— Tu crois que je suis heureux, Debedeux?

— Tu es le plus heureux des hommes, et voilà tout.

— Ah bon... je savais pas...

Puisqu'il était censé mariner dans le bonheur, il le crut, se mit à rire comme une brebis pour fêter ce joyeux avènement.

Debedeux retira son Burberry's et son chapeau, se mit à table avec les autres. Le fumet de la soupe aux choux nappa cette Cène banlieusarde.

Côte à côte, chauds, serrés, ils étaient dans une île tranquille, une île quasiment sous le vent, sous la menace grandissante, aussi, au-dehors, de la tragique Tour-Prend-Garde.

Debedeux s'éclairait à la façon dont un paysage, au matin, reçoit les blondeurs du soleil. Il desserra sa cravate, passa en revue les visages de ses commensaux d'un soir. Ce n'étaient pas là les longues figures pâles, mornes, desséchées de soucis qu'il avait aperçues aujourd'hui dans les couloirs et les voitures du R.E.R. Tous, ici, semblaient vivre à l'écart, en francs-tireurs d'un monde réfrigéré, d'une civilisation déliquescente.

— Ça va, Debedeux? s'inquiéta Captain Beaujol à l'affût des désirs et des réactions de son ami.

Celui-ci répondit :

— Ça va, Beaujol. Parfait. On est bien, ici.

Camadule prit la parole :

— Tu sais pourquoi qu'on est bien? Parce qu'on est des hors-la-loi. Des bons à rien, comme dit Chanfrenier, un esclave qui, sans l'État, son patron chéri, serait même pas capable de balayer la neige dans les rues. Regarde Germaine et Gaston, ils auraient pu chercher à le moderniser, leur bistrot, en faire une usine à apéros, un hall de gare où on n'a surtout pas envie de s'arrêter. Ils auraient gagné beaucoup de fric et d'emmerdes. Tu crois qu'ils seraient mieux que comme ils sont restés? Pas vrai, Germaine?

— Ah! ça, c'est sûr que je préfère mon petit commerce, ma petite paix!...

— Captain Beaujol, on n'en parle pas, poursuivit Camadule. Il a rien foutu de sa vie, il a continué sur sa lancée, bravo pour lui si les gouvernements ont toujours besoin de tueurs!

Beaujol outré rectifia :

— De héros, Adrien! De héros, s'il te plaît!

— Si tu veux! C'est pareil. Tu joues sur les mots. Moi, Adrien Camadule, je bricole. L'homme, c'est fait que pour bricoler, pas davantage. Une ou deux fois par mois, je vide une cave ou un grenier. Sans me fouler. Pas envie d'attraper une hernie. Je suis le sage de la brocante. J'ai connu des collègues qui en sont morts, d'y avoir mis de la fureur et de la rapacité. Crevés sur leurs millions comme des misérables. Carbonisés par les impôts. Assassinés par la résidence secondaire. Ça risque pas de m'arriver. Je joins les deux bouts, Debedeux. C'est-y pas beau, en prenant le temps d'aller à la pêche et de passer la moitié de la journée au Café du Pauvre?

Debedeux admit :

— C'est pas seulement beau, c'est grand. Mais faut de la philosophie. Je n'en serais pas capable...

— Mais si! Tu verras, peut-être, un jour. C'est facile. C'est qu'une question d'organisation. Pour finir, tu prends Poulouc. Poulouc est jeune. C'est un défaut, pour les vieux. Pour lui, c'est une qualité. Tout petit, il a pigé l'essentiel, à savoir que la vie c'est pas une partie de rigolade. Alors, cette vieille vache de vie, il te l'attaque de dos, de biais, partout, pourvu que ça soit pas de face. De face, c'est toujours perdu. Pas con, Poulouc, pas con du tout. Malin! Et fier! Sa mère est pute. Il aurait pu cueillir à l'aise à la fois les doux fruits de l'amour maternel et ceux, plus verts, de l'amour vénal. Neuf mecs sur dix l'auraient fait. Pas Poulouc. Digne, il promène les chiens que leurs idiots de maître n'ont ni le temps ni le plaisir de promener.

— Je les promenais, corrigea Poulouc. Je veux changer de situation.

— Te bile pas, fils, on t'aidera à rester au pied de l'échelle sociale. Bref, Debedeux, à présent tu sais tout sur la coterie du Café du Pauvre. On est des espèces de Compagnons du Tour de France, mais d'un Tour de France où on serait tous lanterne rouge...

Germaine servit le haricot de mouton. Gaston posa quelques bouteilles de vin sur la table et, s'adressant à Debedeux :

— Il vient de Pruzilly, un des quarante villages du Beaujolais. C'est moi qui le mets en bouteilles. Celui-là est gaillard. Et réveillé. Je m'y connaissais un peu, avant d'être malade.

— Tu t'y connais toujours, et t'es pas malade.

Lafrezique écuma tout net :

— Je suis malade, Camadule! Malade comme une bête!

Il tenait à ses maladies plus encore qu'à ses tables de marbre. Elles étaient, ses affections diverses et mortelles, sa raison de vivre. Sa Légion d'honneur. Il ne fallait pas plaisanter avec son diabète, sa sinusite, son emphysème, ses névralgies, sa constipation des jours pairs, son entérite des impairs.

Camadule s'inclina :

— Bon, bon, t'es malade, et tu vas même crever pas tard avec toutes tes pilules!

Cette funeste prédiction rasséréna Lafrezique. Pourvu que l'on prît au sérieux ses ennuis de santé, son humeur demeurait agréable. Debedeux surpris fit claquer sa langue :

— Très bon, votre vin, monsieur Lafrezique. Un rien canaille comme une gentille salope de faubourgs. Je n'en bois jamais de pareil dans tous mes restaurants à P.-D.G.

Lafrezique flatté entretint illico Debedeux sur un grand pied d'estime :

— Cher monsieur Debedeux, dans les restaurants que vous dites, quand le vin n'est pas trafiqué au départ, il n'est pas soigné...

Il jeta un œil torve sur Camadule...

— ... car tout se soigne, ici-bas, les corps comme les vins! Un vin mis au frigo, sur un radiateur, remué, couché, debout, trop vieux ou pas assez, on a beau vous le servir dans un panier, ce n'est plus un vrai vin, tout comme une mal baisée n'est pas une vraie femme!

Le valétudinaire se virilisait quand il parlait boisson. Il désigna avec mépris le Captain Beaujol :

— C'est malheureux, monsieur Debedeux, de

servir du vrai vin à des outils pareils, qui boiraient aussi bien du mousseux, de la piquette ou de l'éther, pourvu que ça les soûle. Monsieur Debedeux, il ne faut pas laisser les alcooliques jouer avec le vin !

Captain Beaujol s'emporta :

— Ça y est, il remet ça avec son alcoolisme ! T'es qu'un obsédé, Gaston ! Je l'aime bien, ton tutu...

— Si je te donnais de l'Algérie, tu verrais même pas la différence !

— L'Algérie ! T'as pas le droit de parler de l'Algérie devant moi qui suis mort pour elle ! Enfin, presque... Tous mes copains y sont restés, tous !

— Les claouis dans la bouche, on le saura ! l'interrompit Camadule. Pleure pas et mange.

Beaujol ne pleura plus, mangea, obéissant, aussi vite consolé que froissé.

Une étrange félicité envahissait peu à peu Debedeux, faite de petits-riens à la Mozart, d'abandon, de Beaujolais, de tendresse brute, de rigolades à la cantonade, de sourires esquissés, de loisir. Rien ne pressait, ici, jamais.

Quand vint le camembert, digne des Halles de Zola, Debedeux considéra Poulouc avec amitié et lui dit :

— Tu sais écrire, Poulouc ?

— Quand même ! J'ai été à l'école !

— Alors, tu sais dessiner.

Ennuyés, ils regardèrent Debedeux de côté. Le cadre était-il déjà « cassé », pour employer leur expression argotique qui signifie « pété », bref, quelque peu pris de boisson ? Debedeux comprit, s'insurgea :

— Non, merde, les mecs, je suis pas pion ! Ni

beurré! J'ai seulement une idée au sujet de Poulouc. Faut qu'il fasse de la peinture.

— De la peinture? Moi? s'effraya Poulouc.

— Oui, toi. Et ça va marcher! Écoute-moi bien :
tu achètes des toiles...

— ... Et qu'est-ce que je mets dessus? C'est à
partir de là que tout se complique.

— Tu fais les fonds au rouleau, comme pour un
mur. Noir, vert, bleu, ce que tu veux, aucune
importance. T'attrapes un magazine de femmes
nues. Tu en décalques une sur ton fond, et tu la
peins en rose. Ou en jaune, pas grave.

— Ça, c'est pas trop impossible, murmura Poulouc ébranlé.

— Tu colles une petite tache noire, ou blonde,
ou rouquine, au bon endroit, ta gonzesse est finie,
la toile aussi, et tu signes Gorgonzola, Alcarazas,
Mazurka, Tapioca, n'importe quoi pourvu que ça
fasse étranger. Le Français, en France, ça fait pas
exotique. Dans la barbouille, ce qui compte c'est
avoir un accent. Même suisse. Même belge.

— Admettons, mais à qui je les vendrai, mes
nénettes à loilpé?

— « Nénettes à loilpé »! jubila Debedeux. Quel
titre sublime pour une exposition! Avez-vous vu les
« Nénettes à loilpé » du jeune peintre guatémal-
tèque Manuel Chichicastenango, réfugié politique?

— Pourquoi réfugié politique?

— Parce que l'auréole du martyre, c'est capital,
obligatoire, pour vendre des tableaux! Le reste, on
s'en fout!

— Mais les acheteurs, Debedeux, les acheteurs?

— D'abord, tous les clients de ta mère...

86

— Quatre au commissaire tout de suite! décida Camadule.

Poulouc rêva :

— Sûr que ça ferait du monde... Et avec maman faudra pas qu'ils reculent devant une petite dépense. Elle a pas les éperons dans sa poche, la maternelle.

Debedeux triompha :

— Tu vois! Tu vois! Voilà déjà des débouchés. En plus, on installe quelques-unes de tes œuvres dans la vitrine de Camadule...

— Faudra que je la lave, soupira le brocanteur.

Poulouc était tenté. Il fixa Debedeux avec une once toute neuve d'admiration :

— Ça coûte pas grand-chose d'essayer...

— C'est gagné, je te dis. Des murs, on en construit des kilomètres carrés tous les jours, en ce moment. Faut bien accrocher des trucs après, non? Et attention, pas n'importe quoi! Du culturel! Encore du culturel! Toujours du culturel! Le culturel, c'est le yoyo, le tango des années 70!

Poulouc étendait déjà en esprit son champ d'action :

— Le chevreuil dans le sous-bois, le chaton dans un panier, ça changerait un peu des lulus, tu crois pas? De temps en temps?

Debedeux fut catégorique :

— Changer ta manière, petit misérable? Pas question! Jamais de la vie! Faudra jamais en sortir, de tes « Nénettes à loilpé », jamais! Ça déroute les amateurs, l'évolution chez un artiste. Une fois que ça plaît, ça plaît pour toujours. Si tu innoves, tu es perdu. Les gens disent : « Pas mal... Mais ça vaut pas ce qu'il faisait avant. » L'art, c'est la vie. La vie, c'est :

pas bouger! Pas touche! Conservatisme! Immobi-
lisme! Pas de vagues dans le café crème! Pas pousser
grand-mère!

Poulouc serra les deux mains de son professeur :

— Tu es un père spirituel pour moi, Debedeux!
Cette combine, c'est ce que je cherchais depuis que
je suis né! J'attaque demain! Gaston, du Beaujolpif! J'arrose ma première toile!

Germaine avait débarrassé la table. Camadule
piqua du doigt le sternum de Debedeux :

— J'espère que tu sais jouer à la belote?

Ennuyé, Debedeux reconnut :

— Il y a très longtemps que j'ai pas joué. Et j'ai
pas appris la « tout atout-sans atout »...

Camadule se montra ravi, au contraire de ce que
redoutait Debedeux :

— Nous, on joue qu'à la belote simple. On
pourrait pratiquer l'autre, mais je m'y oppose. Ici,
tout doit rester à la portée de tous, surtout
l'amusement. Faut pas qu'on s'intellectualise,
qu'on se fatigue la tête à compliquer les choses
pour rien. Le 4.21, pareil. Onze pions, pas vingt-
quatre. A vingt-quatre, c'est déjà de la physique-
chimie, des maths modernes, du Einstein de
comptoir!

Il déroula un tapis sur le marbre, battit les cartes,
« fit les rois », opération qui désigna Debedeux
pour partenaire de Poulouc.

D'emblée, Debedeux joua fort convenablement,
et Camadule le caressait de l'œil, songeant que
c'était là le quatrième idéal à la belote, ce quatrième
qu'ils étaient parfois contraints d'accepter sous les
tristes aspects d'un Chanfrenier. Camadule, qui

88

avait l'âme tendre, espérait que Debedeux repasserait de temps à autre au Café du Pauvre...

Au terme de la troisième partie, chaque joueur avait bu sa bouteille et Debedeux s'exprimait en langue populaire comme s'il l'avait toujours parlée dans les bureaux de la « Bang-Bang Aéronautique ».

Elle lui revenait aux lèvres sans effort et il en savourait au vol les images fruitées.

— Tu coupes ou tu coupes pas, Debedeux? interrogeait Captain Beaujol.

Et Debedeux répondait machinalement :

— La tasse, pépère! Laisse-nous-les pendre cinq minutes, tu veux?

Il avait posé la veste, retiré sa cravate qui, d'ailleurs, gisait dans la sciure. Les Lafrezique étaient montés se coucher. Camadule les remplacerait pour le renouvellement des bouteilles et la fermeture de la porte. Avant d'aborder la quatrième partie, Debedeux désigna à Poulouc les verres vides :

— Rhabille les gamins, fils! Tu vois pas que les mouches s'assomment la tête dans le fond des godets?

Il rosissait, s'excitait, riait, distribuait à ses nouveaux amis des bourrades affectueuses. On trinqua encore à l'amitié, toast qu'agrémentait rituellement Captain Beaujol de « Mort aux crouilles » tonitruants.

Tout à coup, Debedeux, hilare, s'étrangla. Du vin lui jaillit des narines, on dut lui taper dans le dos. Debedeux venait de repenser à son épouse. Dès qu'il le put, il rouvrit la bouche, pouffa :

— Je voudrais voir sa tirelire, à la panthère! Ah nom de Dieu! que je me marre! Que je me marre!

Si seulement l'autre punaise pouvait se demander où je suis passé, la fête serait complète!

Il cessa de se tordre, pris d'une illumination :

— Adrien! Il y a le téléphone, ici?

Camadule, que crucifiait cette concession au modernisme, lâcha un « oui » mélancolique. Théâtral, Debedeux étendit les bras :

— Elles vont le savoir, où je suis passé, ces deux sauterelles! Je vais leur donner une formidable occasion de se rencontrer, et en pleine nuit, pour arranger le tout! Denise va pouvoir lui arracher les yeux, comme promis, à l'autre! Et l'autre pourra l'assaisonner à coups de parapluie dans les mandibules. Vengeance! Debedeux sort de sa tombe! Debedeux renaît de ses cendres! Debedeux rugit! Œil pour œil! Fesse pour fesse!

Il empoigna Poulouc :

— Tu vas me rendre un service. Tu vas appeler ces deux numéros de bigorneau. Tu diras à ces grognasses ceci : « Monsieur Debedeux a été victime d'un infarctus du myocarde. Il a été transporté d'urgence à la salle de réanimation de l'hôpital Lariboisière. » Oublie pas! Répète!

Docile, Poulouc répéta le message. Captain Beaujol, toujours bourrelé de principes moraux, remarqua :

— T'envoies peut-être le bouchon un peu loin, Debedeux. C'est pas très chouette pour elles.

Debedeux fulmina :

— Pas chouette pour elles! Pour elles qui m'emmerdent comme on n'a pas le droit d'emmerder un chrétien, tu te fous de moi, Beaujol! On voit bien que les tiennes, de saucisses, sont mortes ou dans la nature!

— Si elles t'aiment...

— Si elles m'aiment, elles seront contentes de voir que j'y suis pas, en réanimation. Si elles me détestent, elles seront vachement déçues. Va, Poulouc, va, superbe instrument de mon courroux!

Poulouc, frappé par les scrupules de Beaujol, consulta Camadule du regard, Camadule qui n'avait pas encore émis d'opinion quant à la diabolique machination de Debedeux. Le brocanteur cligna des yeux :

— Va, Poulouc.

Ainsi, Debedeux reviendrait faire le quatrième. Il reviendrait boire avec eux, Debedeux leur ami. Debedeux son ami.

Poulouc disparut dans l'arrière-salle. Camadule hocha la tête :

— A mon avis, Debedeux, c'était que temps que tu secoues le joug. T'en as déjà que trop perdu comme ça. Quel âge t'as?

— Quarante-cinq.

— C'était le moment ou jamais. Tu t'en tires, mais de justesse.

Debedeux se remit à brailler, ivre de bonheur :

— Joie! Pleurs de joie! Denise habite Vaucresson, elles vont se pointer ensemble à l'hosto, merveille! Gigantesque Debedeux! Idée géniale! Sonnez vieilles noix, résonnez cuvettes! A boire, Beaujol! Qu'on nage le crawl dans le jaja! Debedeux n'est pas mort! C'est ici, la salle de réanimation, ici! Pas là-bas! Viens sur mon cœur, Adrien!

Happé, Camadule alla sur son cœur, et Debedeux, dans ses mouvements désordonnés, se renversa un plein verre de rouge sur sa chemise blanche, ce qui le fit s'esclaffer aux éclats :

— Monsieur Debedeux, votre liquette! Votre cravate, votre chèque à la fin du mois, monsieur Debedeux! Y a plus de monsieur Debedeux! C'était un con, monsieur Debedeux! Un monsieur louche qui pouvait flanquer des employés à la porte! Mort à monsieur Debedeux!

Poulouc revint peu après.

— Alors? fit Debedeux anxieux.

— Alors, c'est la panique. Ça pleure à gros bouillons dans les chaumières. C'est déjà dans les autos. Ça renverse les flics, les cyclistes, les voitures d'enfant, ça grille tous les feux rouges.

— Bien fait!

— Je serais que toi, soupira Poulouc, sûr que je rentrerais pas chez moi cette nuit, ça serait plus prudent.

— J'y rentre pas! J'y rentre plus! J'ai pas joué au macchabée pour me faire flinguer!

Camadule conseilla, placide :

— T'as un hôtel, dans la rue, l' « Hôtel de la Faucille et du Marteau Réunis ».

— J'y couche!

— Évidemment, c'est pas un hôtel comme tu dois en avoir l'habitude...

— Tant mieux! Debedeux, il en a marre, des hôtels de monsieur Debedeux! Il veut vivre comme ses potes! Et ses potes, c'est vous!

Il les embrassa tous. Ils ne reprirent pas leur partie de cartes. Ils vidèrent quelques flacons supplémentaires, leur huit coudes étalés sur la table, leurs quatre têtes proches à se toucher. Debedeux s'était coiffé du calot de Beaujol, et l'on ne voyait plus les yeux du Captain sous le chapeau mou de son ami d'enfance, un ami d'enfance qui lui cornait aux oreilles :

— Beaujol, comment qu'elle était, la Juliette que j'ai culbutée dans la cabane à outils? Comment qu'elle avait les carreaux? Bleus ou noirs?

— J'en sais plus rien, hoquetait Beaujol. Mais elle avait deux seins.

— Deux seins, glapissait Debedeux sidéré par cette anomalie.

— Deux! Comme je te vois!

A Lariboisière, on pateaugeait dans les eaux glacées de la Bérésina...

A trois heures du matin, chaussettes nouées autour du cou, Captain Beaujol fut laissé pour mort par ses pairs, les bras en croix, le nez planté dans la sciure du Café du Pauvre.

Camadule et Poulouc soulevèrent pieusement le corps de Debedeux et le traînèrent par les pieds jusqu'à l' « hôtel de la Faucille et du Marteau Réunis »...

CHAPITRE IV

Ils pêchaient dans le bras de la Marne, en face du modeste pavillon de Beaujol.

La pêche était miraculeuse. Camadule avait sorti trois gardons couverts de bubons, Poulouc un, et Captain Beaujol avait eu une touche. Vexé d'être bredouille, l'ex-sergent-chef n'était pas loin de prétendre que l'art halieutique n'était qu'une distraction pour ilotes, ahuris, retraités gâteux. Il l'affirma haineusement dès qu'il eut emmêlé sa ligne à tout jamais :

— Vous me les cassez avec votre putain de pêche ! C'est pas un sport d'hommes, c'est un amusement pour gonzesses, pédés et crouilles !

Camadule rétorqua sobrement :

— Tu es jaloux.

— Beaujol jaloux de tes gardons qu'ont la chtouille ? Ça va pas, la tête ?

— Tu cherches pas à apprendre, aussi. Poulouc s'y est mis, lui. C'est une science, la pêche.

Il le jaugea d'un œil insultant :

— Évidemment, toi et la science...

— Quoi, évidemment ? J'en connais d'autres, des sciences. Tu sais remonter un F.M. en huit secondes, toi ?

— Non, mais j'en vois pas l'utilité.

Captain Beaujol ne sut trop quoi répliquer. De fait, au Café du Pauvre, l'emploi d'un F.M. pouvait sembler superfétatoire... Un peu lâche, Beaujol contre-attaqua sur un tout autre plan :

— En tout cas, je vois pas un Debedeux à la pêche. C'est un type bien au-dessus de ça.

Poulouc fit, chagrin :

— On le voit ni à la pêche ni ailleurs. Il a disparu dans la nuit, ton pote..

— Mon pote! C'était notre pote à nous trois! Notre ami! bégaya Captain Beaujol, qui, plus sensible que le myosotis, venait d'être touché par une larme comme par une balle entre les deux yeux.

Camadule intervint avec sévérité :

— Il est rentré chez lui, votre Debedeux.

Il avait pesamment appuyé sur le « votre », se désolidarisant des tristesses de ses compagnons. Il poursuivit, amer :

— Il est rentré dans l'ordre, mémère a dû lui tirer les oreilles, il s'est mis à plat ventre, et voilà tout! C'est pas le genre Debedeux de fréquenter des voyous. Il a renoué sa cravate.

— T'es vache avec lui, murmura Poulouc.

— S'il avait voulu nous revoir, depuis huit jours, il l'aurait fait, non? On est faciles à trouver.

Poulouc admit cette évidence et son soupir rida la surface de la Marne. Le lendemain du grand soir du Café du Pauvre, Debedeux avait quitté l'« Hôtel de la Faucille et du Marteau Réunis » pour n'y plus revenir. Depuis, le petit monde de la Réserve n'en avait jamais reçu de nouvelles. D'où les propos acrimonieux tenus par Camadule, déchiré du dedans par cette trahison, par cette déception. Déboussolé, Poulouc n'avait acheté ni toiles, ni pinceaux, ni couleurs, et ses « Nénettes à loilpé » étaient demeurées dans leurs limbes voluptueux.

Quelques garçons de vingt ans déboulèrent à moto sur le chemin, éclaboussant le quartier des vociférations de leurs avertisseurs et de leurs pots d'échappement. La horde bottée, casquée, moulée de cuir noir s'effaça vite dans le virage, histoire d'aller semer la terreur plus loin, geler d'effroi les quatre horizons.

Ce mirage infantile enchanta Camadule :

— Je suis content d'avoir vu ça. Depuis le temps qu'on en parlait, des morpions motocylistes de la chanson, ils ont fini par arriver!

Poulouc maugréa :

— Ils sont jeunes.

— Nous, quand on était jeunes, on faisait du vélo.

— Parce que c'était la mode. Si la mode du vélo revient, ou celle des patins à roulettes, ils feront du vélo ou du patin à roulettes.

— T'es encore plus dur que moi, Poulouc.

— Moi, je peux. J'ai leur âge.

— Ça veut peut-être dire que je suis un vieux con?

— Pas du tout, Camadule. Mais ça peut venir, à l'usage. Tâche de pas glisser sur le lino, ça me ferait deuil.

Camadule se contint. Poulouc était chatouilleux quant à la lutte des générations, qui prêtent toujours à l'autre l'apanage, excessif et gratuit, de

96

l'imbécillité, alors qu'elle est distribuée avec une équité absolue depuis l'aube des temps.

— Beaujol a soif, et Beaujol va pas mourir de soif à deux pas de sa maison! C'est pour le coup que ça serait lui, le vieux con!

Il ressortit peu après de son home douillet muni d'un litre de vin, de trois verres, d'un pain, d'un saucisson à l'ail. Camadule et Poulouc posèrent leurs cannes sur la berge et les trois acolytes se mirent à casser la croûte, sans précipitation, en hommes accoutumés à la lenteur des sages.

En amont, un marinier sentimental avait jeté dans le fleuve, du haut de sa péniche, des bouteilles à la Marne et toutes contenaient ce message pathétique : « J'aime Martine! J'aime Martine! J'aime Martine! » Captain Beaujol en cueillit une à l'épuisette, lut cet outrecuidant cri d'amour, fut repris sur-le-champ par ses fantasmes matrimoniaux. Il pleurnicha, la bouche pleine à craquer :

— Heureux ceux qui serrent des Martine dans leurs bras musculeux! Moi, j'ai rien, sur la terre. Rien! Rien! Rien!

— Merci pour nous! aboya Camadule.

— Vous avez des seins de femme, des fesses de femme, vous? J'ai besoin d'un sourire féminin en me réveillant, même s'il lui manque quelques dents. Besoin d'être emmerdé par une femme, j'ai pas les susceptibilités de Debedeux. Je veux une femme!

— Elle t'empêchera d'aller au bistrot, objecta Poulouc.

— Ça, pas question! Beaujol lui foutra sur la gueule s'il le faut! Je veux bien qu'elle m'emmerde un peu, puisqu'elles peuvent pas s'en passer, mais pas à

97

ce point-là! Intransigeant, Beaujol, sur le tutu et les copains! Autrement, modèle de douceur, de tendresse et de sexualité débridée!

Camadule rigola :

— Comment que tu veux te lever une mémée, Beaujol, avec ce que tu siffles? Tu repousses du goulot à en faire tomber des frelons. Nous, ça nous gêne pas que tu renifles le moût à vingt mètres mais, c'est toi qui l'as dit, on n'est pas des petits rats de l'Opéra. Je cherche pas à te vexer, faut être objectif...

Beaujol renifla :

— T'as peut-être raison, Adrien. Je boirai moins quand j'aurai une bergère. Si je picole en ce moment, c'est par chagrin de ne pas en avoir une dans mon petit intérieur.

— Alors, bois moins, pour commencer.

— Je peux pas, j'ai du chagrin.

Le problème du Captain Beaujol, selon ces données, semblait parfaitement insoluble. Il fut laissé en suspens car une D.S. noire s'arrêtait brusquement dans le dos des pêcheurs. Paul Debedeux en descendit, radieux :

— Alors, la maffia, on se terre dans les herbages? Je suis passé au bistrot, Lafrezique m'a raconté que vous étiez à la pêche, mais c'est grand, la Marne! Ça fait une heure que je vous cherche!

Camadule acerbe fit rentrer sous terre tous les sourires :

— Nous, ça fait huit jours, monsieur Debedeux. Même qu'on ne pensait plus vous rencontrer de nouveau.

Debedeux s'attrista :

— Adrien! Tu m'aimes plus?

Camadule renfrogné ne répondit pas, mordit méchamment dans sa rondelle de saucisson. Captain Beaujol remarqua, sur le mode pompeux :

— Il est certain, mon cher Debedeux, que ta conduite, au point de vue strictement moral, ne nous a guère séduits, Camadule, Poulouc et moi-même. Pour parler franc, elle nous a plutôt contrariés. Pour m'exprimer trivialement, tu as filé de l' « Hôtel de la Faucille et du Marteau Réunis » comme un pet sur une toile cirée, sans nous avertir, sans revenir le soir ni les soirs suivants malgré des serments que moi, Beaujol, qualifie sans peur d'ivrogne...

Piteux, Debedeux marmonna :

— Je suis allé travailler, le matin...

L'aveu de cette faute ne dégela pas le trio.

— Et le soir? interrogea Poulouc, tu es retourné à la maison comme un toutou fidèle?

L'agressivité générale peinait Debedeux. Ce fut avec sa voix de cadre supérieur qu'il protesta :

— Enfin! Enfin! Je peux parler, présenter ma défense devant le Tribunal révolutionnaire du Café du Pauvre?

— Qu'il s'explique! trancha le patriarche Camadule, on avisera après.

Debedeux saisit qu'il devait poursuivre sur ce même ton de Conseil d'administration :

— Non, mon cher Poulouc, je ne suis pas retourné chez Sophie. Ni en caniche ni autrement. Ma plaisanterie l'a, paraît-il, traumatisée au point que la voilà dans une maison de repos à Neuilly.

— Attention, Debedeux! prévint Camadule, ruse de femme, ruse de Sioux!

— C'est bien ainsi que je vois la manœuvre, le

salua Debedeux. J'ai demandé le divorce et déjà les avocats sautent comme des puces sur l'affaire. Je m'attends au coup classique des barbituriques, la vieille mariée me l'a déjà fait quatorze fois sans se tromper d'un poil sur le nombre de cachets. Mais je ne retomberai plus dans le panneau. Je vous remercie, tous, de m'avoir aidé à précipiter le mouvement. Sans vous, je n'en aurais pas eu le courage.

Camadule eut enfin un mot d'apaisement :

— Pas de merci. C'est tout naturel. On a toujours aidé les prisonniers à s'évader.

Debedeux osa lui adresser un clin d'œil complice, enchaîna :

— Quand je suis revenu à la « Bang-Bang Aéronautique », Denise avait donné son congé pour ne plus revoir le monstre, la pourriture, la poubelle débordante de trognons qui n'avait pas eu d'infarctus. La situation se décantait de partout. Toutes ces huiles de vidange fuyaient comme d'un bidon rouillé. Enfin ! En vingt-quatre heures, j'étais libre !

Se dressant, Poulouc affirma avec feu :

— C'est pas compliqué, la liberté ! Suffit de la vouloir !

C'était si facile à dire que Debedeux ne fit pas d'objection. Poulouc avait l'intolérance de la jeunesse, cette rigueur robespierrienne qui s'effrite si vite au fil des saisons, des mariages, des enfants, des problèmes financiers.

— Et après ? réclama Camadule.

— Comme Sophie était nazbroque...

Il rectifia :

— ... En travers... K.O. ...

— On avait compris !

— Excuse-moi, Adrien, si j'ai un peu perdu l'habitude de parler français... Bref, comme elle était nazbroque, je me suis pointé résidence des Tourterelles pour y ramasser mes fringues et mes objets personnels. Six valises. Et je suis remonté à Paris.

— Tu vois bien que ça ne te satisfaisait pas, l' « Hôtel de la Faucille et du Marteau Réunis »!

— C'est pas ça, Adrien, pas ça du tout.

— Qu'est-ce que c'est, alors?

— Je te le dirai tout à l'heure. A Paris, je me suis baladé dans les rues. J'étais heureux. Pour la première fois, je n'avais plus à rentrer quelque part! Plus une femme au monde ne m'attendait, c'était grisant!

Il baissa le nez, soudain embarrassé, tapa du pied dans un caillou pour détourner l'attention du public.

— Et puis? questionna l'implacable Camadule.

— Et puis, murmura Debedeux, et puis... et puis... et puis, tiens! J'en ai rencontré une autre...

Captain Beaujol se dressa à son tour, éberlué :

— Encore! Quand on pense que, quand je cause à une dans la rue, elle me fout aussi sec une tarte!

Debedeux soupira :

— Continue, Beaujol, continue à en ramasser! Tu connais pas ton bonheur!

Beaujol rugit, furibond :

— T'arrêtes pas de me dire ça, merde! Mon bonheur à moi c'est une bonne femme! N'importe laquelle! Et j'en trouve pas! Je suis maudit!

Camadule interrompit sèchement ce désespoir spectaculaire :

— Ça suffit, Captain, on cause pas de toi.

— On cause jamais de moi! On me déteste! Personne ne m'aime!

Il s'éloigna hagard vers sa maison tout en poussant des cris sauvages. Camadule jeta un regard sur le litre vide, entendit que Beaujol s'en allait tout bonnement se ravitailler chez lui sous couleur de leur dissimuler son immense chagrin. Le brocanteur sourit à cette fourberie, se figea ensuite pour tancer le honteux Debedeux :

— Comme ça, après toutes les misères qu'elles t'ont faites, tu as repiqué aussi sec au truc? Mon pote, ou tu as de la santé, ou tu as du vice, ou tu es zinzin!

— Je suis resté qu'une semaine chez elle avec mes valises. Elle s'appelait Marcelle.

— Et c'est déjà fini?

— Oui.

Debedeux tapa encore du pied dans son caillou avant de maugréer de façon enfantine :

— Elle commençait à m'emmerder.

Camadule se voulut compatissant :

— Tu n'es vraiment pas fait pour les greluches, mon vieux Debedeux.

— Je le referai plus.

— T'aurais mieux agi en te repointant au Café du Pauvre.

Debedeux s'assit sur l'herbe, sans souci de son pli de pantalon. Face à Poulouc et Camadule, il leur sourit :

— C'est ça que je voulais te dire il y a cinq minutes, Adrien. Si j'y suis pas revenu, au Café du Pauvre, il y avait une raison. La même que j'ai eue de rester je ne sais plus combien de jours de trop chez la nommée Marcelle. Je m'accrochais, chez elle. Je me disais : « D'accord, tu t'emmerdes, mais résiste à la tentation! Bouge pas! Retourne pas là-bas! » Vas-tu comprendre, à la fin, Camadule, qu'on y est trop bien, au Café du Pauvre?

— On n'est jamais trop bien quelque part, bredouilla Adrien remué par cet aveu.

— Moi, si...

Poulouc insinua :

— T'as peur qu'on te corrompe?

— Y a de ça...

— Tu y tiens tant que ça, à ta « Bang-Bang »?

— Je sais pas... Je sais plus... C'est pas si simple...

Camadule s'adressa à Poulouc :

— Il est franc, au moins, Debedeux. Et toi, tu es sur lui comme un morpion. Faut lui laisser le temps. Oublie pas que c'est ton bienfaiteur.

Debedeux était si visiblement ravi d'être auprès d'eux que Poulouc lui pardonna ses entraves bourgeoises et ses attaches sociales. N'avait-il pas détruit en un seul soir, à la grenade, tous ses liens conjugaux et adultérins? Le reste suivrait peut-être...

Debedeux l'interrogeait :

— Au fait, t'as commencé à peindre?

— Ben non... A cause de toi, j'avais plus le mental. Mais je vais m'y mettre, surtout si on te revoit de temps en temps.

Il avait lancé ces derniers mots avec la pointe d'agressivité qui tient lieu de timidité aux adolescents. Captain Beaujol était réapparu, tous pleurs séchés, gorge humectée. Debedeux fit, satisfait, en guise de réponse à Poulouc :

— J'ai demandé, et on me l'a accordé, de

prendre en avance mes vacances d'hiver, en raison de ma nouvelle situation de célibataire. Messieurs, pendant quinze jours je m'installe à l' « Hôtel de la Faucille et du Marteau Réunis »! Sophie m'embarquait tous les ans à Courchevel sous prétexte qu'elle aimait la neige. Moi, la neige, j'en fais une boule, deux boules, après ça n'a plus d'intérêt. On ne plaindra jamais assez les cadres! Pendant qu'elle skiait, j'étais condamné à me traîner sur le ventre et sur une luge. Cette année, mon Courchevel, ce sera le Café du Pauvre!

Les visages réjouis de Camadule et de Poulouc l'emplirent de chaleur. Perdant sa chère femme, arrachée à son affection à la fleur de l'âge, il retrouvait une famille. Seul Captain Beaujol le fixait avec amertume. Il s'en émut :

— Beaujol! T'es pas content, toi l'ami d'enfance, que je reste quinze jours avec vous?

— En effet, Beaujol est pas content du tout. Il y a, Debedeux, que tu me fais affront.

— Affront! Tu es pété, ou quoi?

— Beaujol, pas pété. Encaisse mal l'offense, voilà tout.

— Offense, maintenant! Adrien, dis-moi ce qu'il a?

Captain Beaujol prit gravement Debedeux aux épaules :

— Tu comprendrais, Paulo, si tu avais pour deux sous de sensibilité, si tu avais un peu de Morgon dans les veines, si les filles ne t'avaient pas bouffé le cœur en bourguignon! Tu comprendrais, Debedeux, que ta place n'est pas à l' « Hôtel de la Faucille et du Marteau Réunis », mais là! Là! Là!

Il avait lâché Debedeux, lui désignait des deux bras sa maisonnette :

— Là! Dans ma maison! Dans ma modeste demeure ouverte à tous les zéphyrs de l'amitié! En dédaignant le pavillon de Montaigne, tu me crucifies, ô, La Boétie!

On se demandait où il allait chercher tout ça. Poulouc et Camadule ne se posaient même pas la question — pourtant intéressante —, impoliment pliés en deux par une joie incoercible. Captain Beaujol rougit de rage :

— Bande de troncs! Si j'avais un F.M., je vous collerais au mur et j'aurais vite fait de vous changer en pâtée Ronron!

Debedeux interloqué tentait de saisir les raisons de l'hilarité du brocanteur et du jeune garçon :

— Mais qu'est-ce qu'ils ont, Beaujol?

— Ils ont qu'ils sont jaloux, ces deux fumiers, de pas avoir une villa à eux! Y en a un qui vit dans un deux-pièces miteux sur cour, au quatrième, et l'autre qui s'étiole dans un tas de béton! Voilà ce qu'ils ont : ils en crèvent de voir qu'y peuvent pas t'offrir, comme moi, une hospitalité frugale mais généreuse!

— Frugale! hoqueta Camadule en se roulant sur l'herbe.

Poulouc, le premier, parvint à articuler quelques mots :

— Vas-y pas, Debedeux, c'est dégueulasse!... Y a des rats dans les draps!... Autant de mouches qu'y a de Chinois sur terre!... Faut marcher avec des échasses!...

Camadule se souleva sur un coude, essuya les larmes qui ruisselaient sur ses joues :

— Le sanitaire, c'est un seau hygiénique pour deux!... On sucre le café avec les punaises!... Y a même des maladies tropicales de collées aux murs, fais-toi vacciner!...

Paradoxalement, ces accusations infâmes rassérénaient Beaujol. Il haussa les épaules :

— Tu vois bien qu'ils rigolent bêtement, ces deux cons-là! Viens avec moi, Paulo. Sûr que c'est pas la piaule à Giscard, mais c'est coquet quand même, et mignon.

Il entraîna d'une main ferme Debedeux vers sa résidence tout à fait principale :

— D'accord, le jardin est mal tenu, c'est ça qui les impressionne, ces deux petits-bourgeois sans envergure. Mais Beaujol a mieux à faire dans la vie que de planter des carottes et des orchidées. Au printemps, si on veut se les dorer au soleil dans des chaises longues, on peut toujours en défricher un bout au coupe-coupe ou au lance-flammes. Entre, Debedeux, n'aie pas peur, y a pas de crouillebis de planqués dans les coins, un rasoir dans chaque pogne!

Debedeux entra donc, suivi du propriétaire enthousiaste :

— Regarde, mon pote! C'est la décharge municipale, ou un logement d'honnête homme?

Évidemment, ce n'était pas l'apocalypse annoncée, Debedeux en convint. Il plissa malgré tout les narines :

— Objectivement, Beaujol, tu trouves pas que ça fouette un chouilla?

Captain Beaujol admit :

— Ça sent l'homme. L'homme, ça sent toujours un peu fort. Un mâle, c'est pas un hortensia, ni un

106

poisson rouge. Mais on peut aérer. C'est pas parce que j'aère jamais que c'est une opération impossible!

— En ce cas, on aérera.

— Comme tu veux, Debedeux, comme tu veux! Tu es chez toi, ici. Regarde pas trop la cuisine à la loupe. La vaisselle sale, ça se reproduit plus vite que les Hindous. S'il y avait une femme ici, ça changerait tout. Faudrait que ça frotte fort! Que ça reluise! Hélas!...

Debedeux suggéra qu'un coup de balai par-ci, par-là embellirait l'environnement. Cette idée enchanta Beaujol, qui ne lui était que trop rarement venue à l'esprit :

— C'est pas bête, Paulo, ce que tu dis là. Faut m'excuser, mais j'ai pas fait des études comme toi. A l'armée, on pouvait pas penser au luxe. On avait assez de souci avec les balles qui sifflaient, les obus qui tombaient...

Il poussa une porte, qui s'effondra avec fracas sur le sol, provoquant un envol de moutons semblable pour l'ampleur au champignon atomique de Hiroshima.

— C'est rien, faut seulement remettre des gonds. Ça sera ta chambre. Dans une cohabitation, faut que chacun ait sa liberté. La liberté, Debedeux, c'est comme le cassoulet, c'est une spécialité typiquement française, même qu'au lieu d'être peinards on n'arrête pas de se faire crever pour elle depuis 89.

Poulouc et Camadule, ayant rangé le matériel de pêche, pénétrèrent à leur tour dans les locaux en plaisantant à leur manière, odieuse à l'âme du Captain Beaujol :

— Ho! Debedeux! Où tu es? On te voit plus, dans la poussière!

— Tousse, qu'on te repère!

— T'es pas enlisé?

— Tu veux ton ambulance pour Lariboisière?

Beaujol grinça pour Debedeux :

— Ça, c'est des cons! Pur sang! Dix-huit carats! Chanfrenier, c'est Pasteur, à côté! Je vais finir par me fâcher avec, les rayer de la carte, les passer au D.D.T.!

Les deux mauvaises langues étaient enfin arrivées à la future chambrette de l'invité.

— Ça te va, Debedeux? fit Camadule boursouflé de rires comprimés.

Debedeux s'efforça de garder son sérieux :

— C'est très chouette, ici. Un peu désordre, peut-être, mais nous sommes chez un ancien soldat doublé d'un célibataire. Le Captain ne se froissera certes pas si nous lâchons, munie des pleins pouvoirs, une femme de ménage dans son bungalow.

— Trois femmes de ménage! surenchérit Poulouc, et de l'Espagnole illettrée, de la Pasionaria de la serpillière!

Préoccupé, Beaujol marmonna :

— Debedeux, la propreté, je suis pas contre comme l'insinue une négligeable poignée de malveillants. On se regarderait dans le plancher, ici, si j'avais pas peur qu'on dérange mes affaires, mes souvenirs, mes collections d'Angkor et d'antiquités crouilles. C'est du plastique, mais ça vaut cher quand même.

— Tu disais que ça brillerait, ta crèche, si t'avais une femme dedans!

— D'accord, Paulo! Mais on peut se fier à l'amour de sa vie, pas à des ancillaires.

— On les surveillera, promit Poulouc.

Beaujol trépigna :

— Vous deux, je vous cause plus. Vous avez tout fait pour me déshonorer, salir mon toit, cracher sur mon hospitalité.

— Tu es fâché? se renseigna Camadule.

— A mort!

— Parfait, Captain. Tu ne remettras plus les pieds au Café du Pauvre.

— Je voudrais bien voir ça! hurla Beaujol, avec malgré tout un soupçon d'inquiétude dans le cri.

Camadule alerta Poulouc et Debedeux de furtifs coups de pied avant de démolir au canon la forteresse Beaujol :

— C'est tout vu. On racontera à Germaine que tu chantes partout qu'elle sent la sueur et que c'est avec cette même sueur qu'elle fait la sauce de ses ragoûts.

L'ex-sergent-chef sursauta :

— J'ai jamais dit ça!

— On rapportera à Gaston que tu répètes tous azimuts qu'il s'y connaît en pinard comme un Amerloque et qu'il est pas plus malade qu'un champion olympique du cent mètres.

— Mais c'est pas vrai, s'égosilla sa victime, c'est pas vrai!

— Si on leur présente bien tes infamies, susurra Poulouc, elles paraîtront plus vraies que nature...

— Y vous croiront pas!

— Vu qu'on est deux, et un tantinet chafouins, ils nous croiront plutôt deux fois qu'une...

L'horrible sourire qui avait défiguré Camadule

pendant qu'il proférait cette menace ne laissa plus de doutes au Captain Beaujol sur le sort effrayant qui l'attendait.

Sans ciller, il capitula en rase campagne, se rendit tête basse à la cuisine pendant que ses trois compagnons se meurtrissaient du coude les côtes. Il revint porteur de quatre verres à peine douteux et d'une bouteille dont le millésime, en revanche, justifiait les flancs poudreux.

— C'est du bon, fit-il d'une voix neutre. Entre amis, on va pas s'enfiler de la tisane de chambre à air.

Il servit son vin avec une délicatesse et un doigté à tenter la veuve de ses rêveries.

— A l'amitié, cria-t-il enfin, et que tous les cancers de l'anus s'abattent sur les ratons comme les paras du grand Bigeard!

— T'as raison, admira Camadule, c'est pas de l'infusion de crin de sommier.

— T'en as déjà bu, Adrien, commenta Beaujol avec douceur, ce tutu-là ça se boit pas en suisse, ça se savoure entre anthentiques camarades, entre potes inoxydables.

— Je croyais que tu étais fâché jusqu'au jugement dernier?

— Je comprends la plaisanterie, moi. Pas toi, Adrien?

Ils vidèrent respectueusement la bouteille, sans la gâcher avec des bavardages qui l'auraient peut-être rajeunie de dix ans.

— Il t'en reste beaucoup, du comme ça? interrogea Poulouc.

Un voile de détresse plus vaste qu'un grand hunier défila devant les yeux de Beaujol :

110

— Trois, mon petit gars. Trois. Ah! là là, si j'en avais seulement cinquante dans ma cave...

Debedeux poussa un long beuglement d'épouvante qui glaça le vin dans l'estomac de ses voisins. Il se broya la tête entre les paumes sans cesser de bramer à la mort. Camadule atterré l'enserra de ses bras :

— Un docteur, nom de Dieu! Jekyll, Petiot, n'importe lequel! Debedeux a le haut mal!

— Le palu, gémit Beaujol, c'est le palu!

Debedeux réussit à secouer négativement l'index droit.

— Il est tombé fou, supposa Poulouc.

Debedeux secoua négativement l'index gauche avant de cesser de hurler aussi brusquement qu'il avait commencé. Il chevrota :

— La cave! Mais oui! La cave, les amis! La cave!

— Quelle cave?

— La mienne, bordel! J'y pensais plus, moi, à ma cave! Heureusement que Beaujol a parlé de cave! Je l'avais oubliée, ma cave! Et c'est l'autre phylloxéra qu'allait se la goinfrer!

— Tu nous as fait peur, respira Adrien.

— Si vous saviez ce qu'il y a dedans, vous gueuleriez dix fois plus fort que moi! Vous seriez tous en polka dans la crise cardiaque!

Les yeux des trois autres s'entrecroisèrent comme des goulots. Captain Beaujol avança, haletant :

— Et... qu'est-ce qu'il y a dedans?...

— Que des vins de cadre! Pas des bibines de restaurant! Rien que des jajas de compétition pour emmerder les invités de Madame. Tout juste si elle laissait pas le prix dessus! Il y a de tout, je sais même plus, des Meursault, des Margaux, des Volnay, des Château-Chalon, des Pomerol, des Bouzy, sans parler des roteuses! Du Dom Pérignon à l'arrosoir!

Fébrile, Camadule le tirait par les manches :

— Debedeux! Debedeux! Qu'est-ce qu'on fout plantés là! Si elle revient de sa clinique!

— Y a même pas de Beaujolais? osa lâcher Beaujol déçu.

Camadule le fusilla d'un regard chargé à balles dum-dum :

— Pauvre guenille! Polonais buveur d'essence! Lamentable cirrhotique! Tourne trois mille trois cent trente-sept fois ta langue sans papilles dans ta bouche anesthésiée avant de parler de Beaujolais! On aurait plutôt dû t'appeler Captain Eau-de-Vie de Betterave! Apprends, épluchure, qu'à part des millésimes exceptionnels le Beaujolais n'engendre que très peu de bouteilles de garde et que, pour l'apprécier encore friand et séveux, il faut le boire dans les deux années de sa sortie du pressoir! Pas un mot, soudard, pas un blasphème de plus, ou je t'excommunie! Debedeux! On fonce la déménager, ta cave?

— On y va, mais...

Suppliant, il désigna sa chambre du menton.

— Debedeux, la cave et les enfants d'abord! Pour une nuit, t'iras à l'hôtel!

Debedeux se montra ferme :

— Non. Je ne veux pas faire ce chagrin-là a Beaujol.

Beaujol lui prit la main comme un bébé :

112

— T'as du cœur, Paulo. Pas comme ces deux-là, qui pensent qu'à boire.

Camadule se résigna :

— Je te comprends, Debedeux, mais pourvu que ces nobles scrupules ne nous retombent pas sur les bouchons ! Tous dehors ! On commence par l'opération femmes de ménage, puisqu'il faut en passer par vos fantaisies d'hygiène, de savon noir et d'hydrothérapie ! Parole, vous deviez être mannequins chez Dior dans une autre vie, toi et Beaujol !

Ils sortirent, durent rentrer avec les six valises de Debedeux pour libérer le coffre de la D.S.

— C'est bien pour une cause comme la nôtre, la cause du peuple, ronchonna Camadule en s'installant dans la voiture avec les autres, que je me risque à monter dans une bagnole. Mon boulot, je me le tape à deux à l'heure comme un furieux, avec ma vieille charrette à bras !

— Où va-t-on dénicher notre domesticité, chef ? interrogea Debedeux avant de tourner sa clé de contact.

— Au Café du Pauvre au galop, et sans poser de questions superflues !

Durant le trajet, Camadule parvint à maîtriser l'émotion qui l'avait empoigné au gosier depuis la révélation de l'existence de la cave de Debedeux, « remake » liquide de la caverne d'Ali Baba. Il frappa, jovial, le genou du conducteur :

— Il n'y a pas que toi sur terre, Debedeux, pour savoir débusquer la fesse tel un sourcier la flotte ! Moi aussi, on m'aime, on voudrait m'épouser pour m'emmerder tout à son aise, enfin ligoté après la cuisinière ! Mon amoureuse, dans l'espoir de se coller un jour à mes lèvres purpurines, on va

113

commencer par la coller au manche de l'aspirateur!

Au Café du Pauvre, l'amoureuse, au zinc, solide au poste du verre de blanc diurétique, pleurait dans le tablier de la patronne :

— Vous avez de la chance, Germaine, d'avoir un homme malade, moribond depuis vingt ans! Les costauds, ça a pas de santé. Le père Turlutte, hélas! pour lui, c'était un colosse. A l'époque, les terrassiers, c'étaient pas des alevins comme les Arabes d'aujourd'hui, qui font pitié quand ils soulèvent à quatre une pelletée de terre. Ils sifflaient leurs huit, dix litres de rouquin pendant le travail. Le père Turlutte, un mètre quatre-vingt-dix, quatre-vingt-quinze kilos, il le supportait, le gros qui tache. Jamais soûl, pas violent, à peine un coup de pied dans le ventre quand quelque chose l'agaçait en politique. Ça l'a pas empêché d'attraper une sale maladie qu'on n'en sait même pas le nom aujourd'hui. Il voyait des rats partout, dans la fumée de sa pipe, dans la soupe, dans mon corset, dans le lustre. Il gueulait : « Regarde çui-là, là-bas, sur le buffet! C'est pas un gaspard, c'est un lièvre! A nous le civet! Passe-moi le flingue! » Heureusement qu'on n'avait pas de fusil à la maison. Il leur balançait que ses croquenots. On a fait venir un toubib, et c'était pas remboursé, en ce temps-là. C'était du luxe pareil qu'un poulet. Il a dit que c'était la boisson, on l'a foutu dehors. Tous les mêmes, ces ahuris à lunettes : pas fumer, pas bouffer, pas boire, pas d'amour. Les soins, d'après eux, ça consiste à se laisser crever à petit feu devant leur ordonnance et une cuvette d'eau pour tout potage. Pour en finir avec ses rongeurs, le père Turlutte a dénoué sa grande ceinture de flanelle rouge et hop! Je l'ai

114

retrouvé accroché tout bleu à l'espagnolette. Eh bien, Germaine, vous me croirez si vous voulez, aussi invraisemblable que ça paraisse, mais ça manque, un homme dans une maison, avec ou sans dérouillée du samedi soir! Rien ne remplace la nature!

Elle s'interrompit, tout à coup passionnée par le spectacle de la rue Maurice-Thorez :

— Oh! regardez, Germaine! Ils descendent tous d'une D.S.! Qui c'est, le monsieur qui conduit?

— Il est venu la fois où vous avez eu ce petit malaise...

Le quatuor entra dans le bistrot.

— Mes hommages, mesdames, fit Debedeux.

Maman Turlutte réussit en virtuose la révérence qu'elle avait ratée l'autre soir.

— On boit un godet, quand même? proposa Beaujol.

Camadule le gronda :

— Pourquoi, « quand même », Beaujol? C'est un troquet, ici, c'est pas un asile de nuit. La moindre des politesses, dans un rade, ça consiste à commander une consommation. Prenez quelque chose avec nous, maman Turlutte. Pour une fois, c'est pas désintéressé, on a un service à vous demander.

Maman Turlutte s'empressa, frôlant, coquine, de son bas à varices une des jambes du pantalon de velours de Camadule :

— Adrien, vous pouvez tout me demander, tout, vous le savez bien : tout.

— Je vais vous expliquer, maman Turlutte...

— Cessez donc de m'appeler comme tous les locataires. J'ai un prénom : Conception.

— Très joli, grasseya Camadule, vaguement

inquiet d'avoir à s'engager si loin pour une simple histoire de nettoyage. Voilà de quoi il s'agit. Notre ami Debedeux aimerait passer ses vacances d'hiver chez son ami d'enfance Captain Beaujol. Il n'y a qu'un ennui, tout à fait mineur, mais ennuyeux malgré tout. L'intérieur de notre cher Beaujol n'est peut-être pas absolument nickel-nickel...

— J'ai compris, Adrien. C'est sale.

— Sale, grommela Beaujol, c'est pas sale-sale. A la rigueur, un rien négligé. Je suis pas souvent à la maison, sans quoi ça serait rutilant!

Camadule, agacé par cette interruption, reprit la parole :

— Bref, maman Turlutte...

— Conception! minauda la concierge.

— Bref, Conception, cela nous ferait plaisir à tous si vous passiez y donner un coup de plumeau...

— J'y serai à la première heure cet après-midi.

— Merci infiniment, maman... Conception. Mais nous vous paierons!

Maman Turlutte bondit :

— Jamais, Adrien! Pas d'argent entre nous! L'argent tue dans l'œuf tous les grands sentiments!

— C'est que, Conception, pour être franc, il n'y en a pas que pour dix minutes. Vous seriez deux ou trois pour enlever le plus gros que vous seriez pas en surnombre.

Pas un poil de la moustache de maman Turlutte — qu'elle traitait de duvet — ne frémit. Elle vida son blanc posément pour mieux réfléchir, puis lança :

— J'ai ce qu'il nous faut. Deux bonnes copines de la Réserve. La mère Spécial, une ancienne de la rue Blondel, une vraie perle, et puis cette vieille soûlarde de mère Sanguinetti, que c'en est un effroi de se mettre dans des états pareils proches de la bête, mais qui peut frotter jusqu'à la nuit si on lui fait briller trois litrons d'Algérie au firmament.

Camadule jubila :

— Excellent, Conception! Je ne sais comment vous remercier.

— Moi, je sais, chuchota la concierge en clignant discrètement de l'œil à la façon d'une lanterne de travaux publics. Bravant l'évidence, Camadule ne voulut pas s'apercevoir de la percée que ce panzer tentait sur son front est, se tourna vers Beaujol :

— Captain, donne tes clés à Conception.

L'autre obéit à regret, non sans recommander à la concierge d'épargner ses fabuleuses collections d'antiques, des merveilles qui, après sa mort, s'en iraient tout droit, protégées par des motards de la police, honorer le musée du Louvre.

— Germaine, déclara Camadule en entraînant sa troupe vers la porte, nous serons peut-être un peu en retard pour déjeuner, nous avons une course urgente à faire.

Dehors Debedeux le prévint :

— On n'aura jamais le temps de tout embarquer avant midi! Il y en a pour plusieurs voyages.

— T'occupe pas. Là, on y va en simple reconnaissance.

Il pénétra dans sa boutique, en ressortit avec des pitons, des chaînes, des cadenas.

— C'est pas pour les clients de ta mère, expliqua-t-il à Poulouc, c'est pour barricader la lourde de la cave. Camadule se méfie des épouses orageuses. Ça peut pulvériser des étagères de flacons précieux rien que pour se venger d'une parole de travers.

La D.S. prit la direction de la nouvelle ville.

— Debedeux, c'est dans la cité Joyeuse, tes Tourterelles, gouailla Camadule, comme la résidence de Poulouc?

— Ah! non, Adrien, fit Debedeux en souriant, ma boîte de chaussures à moi, c'est dans la cité Alleluia!

— Tu peux me dire pourquoi qu'on leur donne des noms affriolants, à ces tas de boue? C'est comme si j'appelais maman Turlutte Brigitte Bardot...

— C'est pour que ça se vende mieux, sur les prospectus. Et aussi pour que les mecs s'autosuggestionnent, pour qu'ils croient qu'ils vont hurler de rire dans les cités du Bonheur. Les marchands, y pouvaient quand même pas les baptiser cité Caca, cité des Flics, cité des Galeux, mets-toi à leur place.

Beaujol, Poulouc et Camadule ne pipaient plus mot depuis que la voiture circulait dans ce monde blanc de peur, roulait au long de tours habitées par des zombies, de tours inachevées, de tours à leurs débuts de tours, croisait des jardins sans enfants, des parcs où des fœtus de jeunes arbres rêvaient à la forêt.

Beaujol rigola pourtant en désignant à Debedeux une tour hérissée de verrues:

— Paulo! Y a des artichauts d'accrochés après celle-là!

— C'est des balcons. Mais on va les reconstruire. L'architecte les a dessinés un peu trop hauts. Son crayon a dû déraper. Les locataires, pour regarder le paysage, ils sont forcés de grimper sur des escabeaux.

— Il était beurré, ton architecte?

— Même pas. C'était un génie.

— On l'a foutu en tôle, quand même?

— On lui a collé la rosette de la Légion d'honneur.

— Je trouve ça léger, comme punition, bougonna Captain Beaujol qui, ancien sergent-chef, ne saisissait pas toujours au bond toutes les ironies.

Camadule, crispé, eut un rire mauvais :

— Sont moins féroces dans les usines que dans les bureaux, y a pas. Vous savez comment ils l'appelaient, la banlieue, dans les bureaux? L'univers pavillonnaire! Les bureaux l'ont supprimé, le pavillon, parce qu'il était pas futuriste, pas esthétique. Et surtout qu'on pouvait y vivre trop pépère entre ses quatre salades, ses deux roses et Azor. Et les bureaux ont sorti de leurs cartons le plus gracieux des univers, le concentrationnaire! Livré avec tranquillisants, euphorisants, boules de cire dans les oreilles et doigt sur la gâchette!

— Te plastique pas la rate pour ça, fit Beaujol en haussant les épaules. On n'y est pas, nous, dans leur bazar!

Camadule murmura, visité par une tristesse inusitée :

— C'est pas une raison. J'aime pas qu'on crache sur les mecs, qu'on pisse dans la fontaine.

Un souterrain goba la pilule de la D.S. Sans bouger de son siège, Debedeux baissa la vitre de la portière, donna un tour de clé dans la serrure d'une sorte de coffret fiché au mur. Plus bas, un œil de Caïn électronique s'alluma, un rideau de fer s'éleva pour autoriser le passage à la voiture. Celle-ci se mit à virer dans des couloirs en spirale, autour d'autres véhicules alignés dans des boxes. Premier sous-sol, deuxième sous-sol, troisième sous-sol, c'était, quatrième sous-sol, une réplique sinistre, cinquième sous-sol, des manèges de la foire du Trône.

Au sixième sous-sol, Debedeux rangea la D.S. dans l'espace qui lui était dévolu, depuis sa sortie de la chaîne, par quelque volonté divine.

— Faites pas cette tronche, les anciens, plaisanta Debedeux en mettant pied à terre. Regardez Poulouc, il est à l'aise, lui. Là-dedans, il est comme papa dans maman.

— Forcé, gémit Camadule, il est né dans un flipper, le môme. Pas nous.

— Suivez le guide, ordonna Debedeux.

— On peut pas s'encorder?

On ne retint pas la suggestion de Captain Beaujol et on se mit en route dans un dédale de boyaux gris. A chaque carrefour, Camadule s'attendait à voir surgir une patrouille de S.S. oubliée là depuis la Libération.

— J'ai peur, avoua-t-il.

— Moi aussi, Adrien. Et pourtant, Beaujol, il en a vu d'autres. C'est pire qu'un désert plein de fellouzes, ce coin-là...

Debedeux désigna une porte parmi une rangée de portes :

— Ça, c'est mon « hobby-room ».

— Qu'est-ce que c'est que ça encore? se lamenta Camadule de plus en plus oppressé.

— On nous vend avec le reste une pièce de détente où on peut bricoler.

— Et si on bricole pas?

— On se pogne, répondit le cadre avec flegme.

120

Il s'arrêta enfin devant une autre porte :

— On y est. Pleurez plus, les amis, on va entrer dans Fort Knox!

Il ouvrit, fit la lumière, et les trois autres lui emboîtèrent le pas. Ils freinèrent tous des deux semelles, cernés par des chapelets de bouteilles endormies dans leurs casiers métalliques. Toute une chambrée de petits soldats éclairés par la lune.

— Bon Dieu! siffla Poulouc, je remercie ma mère de m'avoir fait, même avec un flic!

Beaujol, jambes coupées, s'assit sur un tabouret, prit à haute voix des décisions extrêmes :

— Je sors plus d'ici. Vous non plus. On s'installera des lits-cages. On se fera apporter du pain, du jambon de campagne. Des noix. Des camemberts. A vue de nez, combien de fillettes, dans le pensionnat? Deux mille? Trois mille? Faut plus quitter le bunker avant qu'on les ait toutes dépucelées, ces premières communiantes! Quitte à en crever! Autant crever de ça que dans les Aurès avec le service trois pièces de cousu dans la bouche!

— Ta gueule, Beaujol, lui signifia un Camadule tout frémissant. Et enlève ton calot! T'es dans une église, ici. T'es à Lourdes. Au ciel! C'est bien vrai que le ciel côtoie l'enfer, les théologiens ont raison, pour une fois.

Il inventoria à la hâte les trésors de Golconde, s'assit à son tour sur un autre tabouret :

— J'ai trop souffert pour arriver là. Je veux en boire une tout de suite sans ça je vais caner. J'ai le palpitant qui joue au bilboquet. On peut, Debedeux?

— On peut pas, Adrien, on doit!

Beaujol se fouilla, éperdu :

— Merde, j'ai pas mon couteau! On n'a pas de tire-bouchon!

Camadule méprisant en fit jaillir un de sa poche :

— Je m'en doutais, moi, le vieux, que vous seriez tous outillés comme des putains sans cul. J'ai prévu le coup!

— Tu l'as pas prévu en entier, Adrien, s'amusa Debedeux. Tu prétends quand même pas t'envoyer un Corton-Charlemagne au goulot?

Camadule blêmit, demeura sans voix vingt secondes avant de murmurer, anéanti :

— Hé non... Même le curé d'Uruffe aurait pas osé commettre pareille vilenie...

— Même pas un crouille, surenchérit un Captain Beaujol des plus contrarié.

Debedeux s'esclaffa :

— Vous me faites pitié, bande de pommes. L'ascenseur est juste à côté, je monte mes vingt-quatre étages, et je redescends avec des godets.

Camadule le fixa mélancoliquement :

— Tu blagues, Debedeux, tu blagues, mais je suis bouleversé, moi. Au bord de la syncope. Ta cave, j'en rêve depuis toujours sans l'avoir vue. C'était qu'un rêve, et je me promenais des nuits entières dedans, une bougie à la main pour lire les étiquettes. J'étais content, le matin, rien que d'y avoir rêvé. Maintenant que c'est plus un rêve, que j'ai eu le pot de vivre jusqu'à cette minute, tu me fais des frayeurs que mes artères en sont pliées en intestin grêle! Tu devrais déjà être revenu.

Debedeux était déjà sorti en courant. Tyrannique, Camadule admonesta Poulouc :

— Bouge pas, petit! Un geste maladroit, et tu peux casser quelque chose d'inestimable, trucider un grand-père de Bordeaux ou une bonne vieille grand-mère de Bourgogne au sourire empreint de bonté.

Impressionné, le jeune garçon s'assit le plus loin possible de ces aïeux figés dans leur silence de momies. Ce silence religieux, les trois hommes le gardèrent jusqu'au retour de Debedeux porteur d'un assortiment de verres de cristal qu'il déposa sur un solide guéridon de chêne en expliquant :

— J'ai pris les plus beaux. A mon sens, on peut pas déguster ça dans des verres à dents. Pas vrai, Adrien ?

— Même le curé d'Uruffe l'aurait pas fait ! affirma Camadule qui semblait beaucoup tenir ce jour-là à évoquer le plus fâcheux des ecclésiastiques.

Il se leva, ragaillardi :

— Je peux choisir, Debedeux ?

— C'est toi qui dois choisir. Moi, quand j'en buvais, j'étais trop emmerdé par Sophie pour le déguster tranquille. Elle me disait : « Ne bois pas, Paul, tu travailles demain. Il faut user, pas abuser, etc. » Maintenant, je veux abuser de tout et surtout de la vie. J'ai pas raison ?

— Les économies, ça a jamais été le genre de la maison, trancha Camadule en cueillant d'une main d'amant le sein d'une bouteille de Clos-Vougeot 1953 qu'il avait cochée d'un signet lors de son rapide tour d'horizon.

En enfonçant la pointe de son tire-bouchon dans la couronne de cette princesse, il dit gravement :

— Captain Beaujol, je voudrais te demander une petite faveur. Ces fiancées-là, on ne les boira qu'à l'amitié. Pas la peine de gueuler tes « Mort aux crouilles ». Mort à personne, s'il te plaît. Ce vin-là, c'est un vin de paix, vu?

— Beaujol gueulera pas, promis. Et ouvre donc ça au lieu de nous prêcher, et ta sœur, qu'on est tous frères!...

Le bruit du bouchon lui coupa la parole. Les traits de Camadule s'illuminèrent quand il versa avec tendresse le vin dans les quatre verres. Il trempa les lèvres dans le sien, se fendit d'un sourire d'enfant fourré jusqu'au cou dans ses souliers de Noël :

— Messieurs, le bonheur existe, je viens de le rencontrer. Je lève mon verre à la santé de Debedeux!

Sans se consulter, ils improvisèrent un cérémonial amical. Beaujol proféra, la main sur le cœur :

— A la santé de Camadule!

Debedeux s'écria, ému :

— A la santé du Captain Beaujol!

Poulouc fit :

— A vos trois santés!

Beaujol le juste remarqua, embêté :

— Ça va pas, notre truc, on fête pas la santé du petit Poulouc!

Camadule résolut avec vivacité le problème :

— On en boira une autre rien que pour lui.

Jamais épouse et mère méritante, jamais père au sourire si doux, jamais amante ardente, échevelée, bavante, ne furent traités avec autant d'égards et de piété que ne le fut cette bouteille de Clos-Vougeot. Assis en rond autour de la table, les premiers chrétiens communiaient dans les catacombes du Dieu immobilier.

— Ce Bourgogne a le feu au cul, décréta Debedeux à l'issue de ce verre initial.

— Il a mon âge, insinua Poulouc, faudrait peut-être une bonne guerre pour nous débarrasser de tous ces jeunes?

— Beaujol dit qu'il est fier d'être né en France. Une boutanche pareille, c'est kif-kif la Joconde ou la Victoire de Samothrace. Du bien de chez nous. Je me mets à la place des Boches qui se sont tant battus pour devenir français.

Infiniment plus porté sur l'œnologie que ses compagnons, Camadule récitait, les yeux clos :

— Il y a là-dedans, messieurs, comme une senteur de caramel chaud... Jointe à une odeur de violette... Reconnaissez au passage un effluve de menthe sauvage...

— Je reconnais, grasseya le cuistre Captain, que ça crouscougnoute pas le pied.

— Que le chant de l'idiot ne vienne pas couvrir celui de l'alouette au-dessus de la vigne! tonna Camadule avant de poursuivre, extatique : Appréciez, messieurs, ce goût tonique de réglisse et de truffe!...

Poulouc, ahuri, souffla à l'oreille de Debedeux :

— Tu sens du réglisse et de la truffe, toi?

— Le contraire pas. Les amateurs, ça complique exprès, ça embrouille pour que les autres comprennent pas. Je trouve que ça sent quand même un petit peu le vin, mais ça doit être mal vu...

Le janséniste Camadule jeta un regard glacial sur ces béotiens qui se permettaient de chuchoter pendant l'introït. Debedeux protesta, héroïque et de surcroît propriétaire de toutes ces senteurs de caramel chaud :

— Te vexe pas, Adrien, mais fais pas comme ma bonne femme. Si on peut pas se marrer en buvant, je sors de l'eau minérale, et on rigole. D'accord?

Camadule, tout d'abord outré, hésita. Debedeux risquait de mettre sa menace à exécution. Enfin, de nature honnête, le brocanteur admit qu'il avait peut-être envoyé un peu loin le bouchon de ce Clos-Vougeot. Les visages de ses amis lui reprochaient d'avoir glissé une pointe d'ennui dans leur plaisir. Il eut le bon goût, à ceux de réglisse et de truffe, d'ajouter celui de l'amende honorable :

— Entendu, Debedeux, on rigole. Mais c'est de ta faute, aussi, si je deviens con comme un nouveau riche. Faut m'excuser, mais tous ces picrates-là, moi, j'en avais jamais bu que dans les livres!

— On n'en parle plus. On continue?

— Ça doit pas être orthodoxe du tout de voltiger du Clos-Vougeot au Château-Margaux 61, mais on va tenter le coup. Ça m'étonnerait que ça nous file le béri-béri.

Beaujol chut de son tabouret, ce qui acheva de détendre l'atmosphère. Et Camadule, le temps que dura le Margaux 61, réussit à ne pas mentionner son « parfum suave de framboise et de rose qui remplit l'arrière-gorge ».

A treize heures, ils n'étaient pas rentrés au Café du Pauvre. A quatorze, Germaine, furibarde, débarrassa la table où nul n'était venu s'asseoir.

A dix-huit, elle s'inquiéta.

A dix-neuf, quand vint se désaltérer, fourbu, le commando de femmes de ménage, elle fit part de ses angoisses à maman Turlutte :

— Ils seraient à pied, je ne me ferais pas de souci. Aucun danger, à part celui d'un accident de comptoir, d'une collision de chopines. Mais en voiture! Ils sont peut-être tombés dans la Marne!

Maman Turlutte pâlit à la pensée de son Adrien la panse ballonnée d'eau fétide :

— Nous qu'on a retiré de chez Captain Beaujol vingt-quatre brouettes de poussière et de vieilles boîtes de conserve, on n'avait pas besoin d'une anxiété, je vous le jure! Faut téléphoner au commissariat, madame Germaine, qu'ils organisent des recherches, ces fainéants-là. Dites-leur que le fils de Zulma est dans le circuit, ça les fera sauter comme des chats-tigres dans leur képi.

Le commissaire de Villeneuve-sur-Marne, monsieur Poupon, entrevit en une seconde, en un rêve sinistre, les cravaches s'envoler de sa carte du Tendre. L'effroi le rendit très intelligent, transforma ce fonctionnaire lascif en Sherlock Holmes de banlieue industrielle. On ne lui avait signalé aucune équipe de pochards en bruyante activité sur le territoire de la commune. L'annuaire téléphonique lui apprit que Paul Debedeux habitait résidence des Tourterelles. Le plus simple était de s'y rendre afin de s'assurer qu'il ne s'y trouvait pas verre en main en compagnie des trois autres extravagants.

— Au contraire des classes moyennes, réfléchit monsieur Poupon, qui ne s'arsouillent guère qu'au bistrot, les représentants des classes supérieures ne dédaignent pas pratiquer l'alcoolisme au sommet à domicile...

A la résidence des Tourterelles, le gardien le conduisit au box de monsieur Debedeux. La D.S. y stationnait, donc ne stagnait mathématiquement pas sous trois ou quatre mètres de Marne. Enfin, retentirent sous des voûtes lointaines des chants forcément discordants puisque tous dissemblables d'une voix à l'autre.

— Je suppose, fit monsieur Poupon, que la cave de monsieur Debedeux se situe par là-bas sur la droite?

— C'est exact, monsieur le commissaire, reconnut le gardien ébloui par tant de sagacité.

Comme dans les jeux télévisés, il eût aimé lui demander s'il persévérait en deuxième semaine dans la devinette. Il ne l'osa, étant d'extrace modeste dans la dénonciation.

Monsieur Poupon se dirigea seul, en homme habitué à ne pas redouter les coups, vers le lieu d'où provenaient toujours des mélopées du genre titubant plutôt que grégorien.

Il s'arrêta sur le seuil de la cave, frappé de la qualité du spectacle qui s'offrait à ses yeux.

Vingt-sept bouteilles vides gisaient sur une table de chêne, deux hommes dessous, qui s'embrassaient sur les joues en s'appelant « Mon vieux Beaujol, t'es un héros » et « Poulouc t'es mon frère, t'es mon fils, t'es l'avenir de la France ». Un individu qui répondrait un jour au nom de Camadule, mais pour l'heure dépourvu de papiers d'identité puisqu'il était en caleçon, interpellait à plat ventre sur le ciment froid un flacon de Château-Crémat plus qu'à moitié entamé :

— Beau rubis. Fruité. Léger. Goût particulier, un rien de résine, un rien d'amertume...

Le propriétaire du local, puisqu'il était le seul à posséder un costume correct, était juché au faîte d'un escabeau qu'il secouait de toutes ses forces pour le déplacer par bonds à travers la pièce. Il en dégringola enfin, par bonheur dans les bras d'un monsieur Poupon alarmé par cette gymnastique.

— Qu'est-ce que cette apparition fortuite et subite? hurla Debedeux au comble de l'émoi.

— Subite... de cheval! hoqueta Beaujol. Vingt-deux les gars, c'est le commissaire!

Debedeux se roidit :

— Vous n'avez pas le droit de nous arrêter... Mandat... Perquisition... Domicile privé... Suis chez moi...

— Mort aux vaches! gueulait Beaujol à pleins poumons, mort aux vaches! Qu'on le déculotte! Qu'on le fustige!

Peiné par cette allusion à sa vie privée, monsieur Poupon prit congé de l'honorable société, non sans s'être soustrait à l'étreinte de Debedeux qui tenait à lui apprendre quelques pas de tango :

— Je suis seulement passé vous signaler que madame Lafrezique vous attendait pour déjeuner. Mais ce n'est pas pressé! Quand vous aurez fini... Quand vous voudrez... Demain... Après-demain...

CHAPITRE V

Et le Beaujolais nouveau arriva.

Et du Nord au Midi, comme tous les 15 no-
vembre, un printemps d'affichettes bleu ciel,
rouges, orange, vertes, fleurit aux vitrines des
débits de boissons pour annoncer aux passants
mornes que le petit Jésus des vins était né. Et les
passants mornes s'éclairaient à la vue de ces
papillons, et une goutte de rubis tombait sur leur
vie grise, leur demeurait à la lèvre en confetti de
sang...

LE BEAUJOLAIS NOUVEAU EST ARRIVÉ!!! Ce *Te Deum*
éclatait sur Paris, sur toutes les grandes villes,
roulait dans leurs artères, chantait Montmartre et
Contrescarpe, défilait dans la rue Saint-Denis,
tintait louis d'or sur tous les zincs où se pressait le
peuple pour voir et toucher le divin enfant de
l'année.

La fête accrochait ses lampions à tous les nez,
ses limonaires dans toutes les têtes, et quand la
mauvaise heure était sonnée de rentrer chez soi
c'était, du moins, à dos de chevaux de bois. La fête!
C'en était une, païenne, chrétienne, tout ce que l'on
voudra, et tout le tremblement, et tous les tremble-
ments dans toutes les lumières.

Le Beaujolais nouveau est arrivé, la fête est revenue pour quelques jours, fête tuée par l'armée des pisse-vinaigre mais ressuscitée en cachette par les chante-la-joie increvables comme elle.

On les avait assassinés, les fêtes de faubourg et les bals de quartier, relégués au rayon souvenirs, avant-guerre, belle époque et c'était le bon temps. Mais il avait suffi de la fraîcheur d'un petit vin familier rigolo populo pour qu'un 14 juillet tout neuf, improvisé, guilleret, remonte du pavé, à cheval sur des accordéons, frémissant de tous ses grelots.

Ce saint vivant, ignoré des calendriers officiels, était plus célébré, honoré que ceux, desséchés, fossiles, qui y figuraient dans l'indifférence générale. Saint Beaujolais Nouveau, Saint de Paix, éclipsait Saint Albert, peu après l'« Armistice 1918 ». On le priait, mais seulement de se montrer aussi gouleyant, ou davantage, que celui de l'année dernière, on ne lui demandait que d'exister, de passer une fleur au bec, ou un refrain, et surtout de revenir l'année prochaine...

Le Beaujolais nouveau est arrivé! Coquinet de la cuisse, un poil canaille, sans soutien-gorge, il était arrivé dans les arrière-gorges, un rien pute, léger et court vêtu, un brin muguet, un brin de fille, un doigt de Dieu, un doigt de cour. Il coulait source dans les hommes, il ne repartirait qu'en leur laissant au cœur le plus clair de la vie, la vertu d'un sourire.

Il voyageait aussi, ce doux cul-terreux de la Saône, ce joli voyou de la Guillotière, que les anciens paraient du nom superbe et royal de « Fils de l'amour ». Il prenait l'avion, ce fils de la terre, et s'en allait à l'autre bout, fils du soleil, porter la bonne parole, la bonne aventure aux quatre coins, chez les Anglais, les Canadiens et les Américains. *New Beaujolais is here!* En Allemagne et en Belgique, ce farfadet soufflait la mousse de la bière, le temps d'une embellie. En Suisse, son voisin et son premier client, il prenait l'accent de Lausanne pour crier « coucou! » dans le fond des bouteilles.

« Me voilà, je suis arrivé! », commençait-il partout. Et puis il pérorait avec les mains, bousculait l'éventail politique, perdait le fil, le retrouvait, touchait une paire de fesses par-ci, une paire de seins par-là, tendrement dingue, si gentiment zinzin qu'on lui pardonnait tout ainsi qu'à un enfant gâté.

Il gagnait aux courses, allumait des quinquets dans les yeux, sautait par-dessus les comptoirs, remettait sa tournée, se renversait, cassait du verre blanc qui portait bonheur, réconciliait deux types fâchés, faisait se rencontrer deux étrangers, balançait une fille dans les bras d'un garçon, levait tous les bras en salut olympique à la santé du patron, à celle de la vie et à la tienne Étienne!

Puis il jouait aux dés, aux cartes, au con et à n'importe quoi. Puis il regardait la pendule, la voyait double et filait sous la pluie d'automne et celle de l'hiver en se croyant général, en se croyant été, en se croyant vacances. Puis il se couchait dans un lit changé en lit de sable, en lit de fleuve, en lits-gigognes pour y caresser des peaux douces plus douces que les vraies. Il était arrivé!

Le Beaujolais nouveau est arrivé! Le bourdon de Notre-Dame le carillonnait pour le Sacré-Cœur, les dix-huit tonnes de la Savoyarde le répétaient à tous les clochers de la ville. On perçait les tonneaux en une émouvante défloraison. Quel goût aurait-IL? Serait-IL fruité? Souple? N'aurait-IL pas perdu son grain? Après le dépucelage venait la première communion entre LUI et son copain l'homme.

Au vu des affichettes sacrées, les chauffeurs de taxi freinaient à mort, désenchevêtraient leurs clients emmêlés, les entraînaient s'en jeter un, abandonnant leur véhicule au hasard de la chaussée. Les militaires rompaient les rangs, les employés de bureau sautaient par les fenêtres, les métallos brisaient leur chaîne, les infirmiers lâchaient leurs brancards, les malades hurlaient qu'ils EN voulaient un verre, les morts boudaient leurs chrysanthèmes, réclamaient de quoi se rincer la dalle, fût-elle en marbre, les députés quittaient la Chambre en volée de moineaux, les flics jaillissaient des cars de police, les prisonniers s'évadaient, suivis de leurs gardiens assoiffés et braillant : « Le Beaujolais nouveau est arrivé! »

Les manifestations se dispersaient, d'autres se reformaient, oscillantes derrière d'immenses banderoles proclamant qu'IL était arrivé. Des amants tout nus s'engouffraient dans le premier bistrot pour s'y parer d'une feuille de cette vigne. Au Conseil des ministres, on entonnait des litres et l'*Internationale*. Des vaches venaient boire aux abreuvoirs magiques, certaines de fort loin. Des morpions enthousiastes plantaient là leur slip natal, accouraient se noyer aux cannelles, cherchant une mort enfin glorieuse. Des bonnes sœurs, retroussées jusqu'au nombril et le cul aux zéphyrs, pétées à zéro, dansaient la gigue au sortir du Tabac du Vert-Galant, un des hauts lieux du Messie flambant neuf. « Hosanna! beuglaient les saintes femmes, le Beaujolais nouveau est arrivé! »

Il était, le matin même, arrivé au Café du Pauvre. Camadule, songeur, le fit tourner lentement dans son verre :

— J'aime sa couleur cerise violacée. C'est franc, comme il se doit.

— Ça se boit comme de la flotte, apprécia Debedeux. Mais c'est meilleur, toute la différence est là.

Critique, Gaston Lafrezique mâchait son vin avant de l'avaler :

— Il est bon. Mais je préférais celui de l'année dernière.

Camadule haussa les épaules :

— J'entends ça tous les ans depuis que je suis né. Ma parole, qu'est-ce qu'il devait être fameux en 14! Eh bien moi, je le trouve supérieur.

— C'est ton droit.

— C'est peut-être faux, mais je suis optimiste et j'espère que le prochain l'enterrera de cent coudées. En tout cas, il coule facile, en pente douce. C'est une jeune fille, ce petit mec de vin, et qui vous met ses bras autour du cou. Qu'est-ce que tu en dis, Captain?

Beaujol, depuis le transfert de la cave de Debedeux dans la sienne, manifestait d'odieuses exigences :

— Ça vaut quand même pas un Chambertin-Clos-de-Bèze.

Camadule le méprisa à tue-tête :

— C'est pas comparable, mollusque au mazout!

Le Beaujolais nouveau, c'est pas un premier cru, c'est le Beaujolais nouveau, et rien de plus. C'est un pinard malin, un ouistiti de vin, un petit truc sympa et poétique. Évidemment, la poésie et toi, vous passez pas par le même chemin!

Beaujol répéta, obtus :

— Ça vaut pas un Chambertin-Clos-de-Bèze.

Camadule lui tourna le dos avec brusquerie :

— T'es trop con. Des cons comme ça, à leur mort, faut les expédier au musée de l'Homme, et en recommandé avec accusé de réception, pour pas les égarer. Tu as du mérite, Debedeux, de vivre à côté de ça. Fais gaffe qu'il se mette pas à déteindre!

Debedeux, au contact de la faune du Café du Pauvre, commençait à se négliger quelque peu, ne se rasait plus qu'un jour sur deux, n'avait plus le goût de changer de cravate, et le nœud de celle qu'il portait luisait de lassitude. Il comptait avec mélancolie le peu de jours qui le séparaient encore de sa rentrée au sein flasque de la « Bang-Bang Aéronautique ».

Il murmura, non sans avoir rêveusement vidé son verre :

— On s'entend bien, Beaujol et moi...

— Tu vois! cria Beaujol qu'outraient les réflexions de Camadule.

— Beaujol et moi, on a des affinités insoupçonnées, murmurait toujours Debedeux. On se lève en même temps, je bois mon café, lui son calva, et on cause autour de la table qu'on a couverte de vieux journaux pour pas la salir et pas avoir à la nettoyer.

— Et de quoi que vous causez?

— Je sais pas, Adrien. On cause pour le plaisir de causer. Je causais à personne, moi, avant. J'étais un type seul. Sophie me faisait la gueule, et je lisais *Le Monde* pendant qu'elle me faisait la gueule. En attendant le moment de se pointer ici, on pique une millésimée, au hasard dans le tas, et on se la boit pépères en regardant les piafs qui viennent se taper les miettes qu'on leur met sur le rebord de la fenêtre. On n'est pas malheureux...

Poulouc, au contraire du Beaujolais nouveau, n'était pas encore arrivé. Pris de boulimie artistique, il barbouillait présentement une « Nénette à loilpé » par jour, avait vendu d'autorité les premières — ratées — au commissaire Poupon, accumulait les autres — mieux léchées — en vue de les exposer ultérieurement.

— Pas pressé, le môme, de le goûter, le Beaujolais nouveau, remarqua Camadule. Pour les jeunots, c'est pas une cérémonie, pas la fête nationale !

— Il peint.

— Et alors ! Tous les grands peintres, ça picolait. Tous des poivres. Van Gogh, Utrillo, la peinture à l'eau, c'était pas leur fort. Poulouc carbure pas non plus à la limonade, alors ça me fait malice qu'il soit pas là pour le Beaujolpif !

Il grommela, le nez à la vitre du bistrot :

— Bref, quand on est pas tous les quatre, y a pas, il manque quelque chose...

Quatre cyclistes s'arrêtèrent devant le Café du Pauvre, sautèrent de machine en voltige, la calèrent contre le trottoir, poussèrent la porte des établissements Lafrezique et Lafrezique.

Ils portaient tous des pinces à vélo au bas du pantalon. Le premier affichait des soixante-dix ans falots d'ex-adjudant, des moustaches blanches à la Clemenceau. Le second, long, maigre, drapé dans un blouson de cuir couleur muraille trop vaste à ses épaules de brochet, tournait au bout d'un cou sans chair une tête plate de quadragénaire halluciné. Le troisième personnage, du même âge, avait dû être, enfant, le classique « gros de la classe ». Il avait, depuis, amélioré ses rondeurs, Hardy de son Laurel de compagnon. Le quatrième enfin, adolescent aux cheveux coupés en brosse, n'avait pour particularité qu'un sourire niais fiché au milieu d'une explosion nucléaire d'acné juvénile.

Le flandrin, sans barguigner, claqua des talons et glapit :

— A moi, Saint-Georges!

Ses trois acolytes rectifièrent la position sous les yeux ahuris des patrons, de Camadule, de Debedeux et du Captain Beaujol. Celui qui paraissait être le chef de ces extravagants aboya encore :

— Air pur?...

Ses subordonnés braillèrent d'une seule voix :

— ... Pour tous!

L'illuminé grogna « Repos! », s'approcha des habitués estomaqués du Café du Pauvre :

— Quelqu'un s'appelle Camadule, ici?

— Moi... bredouilla le brocanteur.

— Salut, camarade! fit l'autre en lui serrant de force avec effusion les deux mains. Mon nom de guerre, c'est Robin des Murs.

— Robin des Murs? répéta Debedeux effaré.

— Oui, Robin des Murs. Saisissant, n'est-ce pas? Mais que je vous présente les membres du groupe Saint-Georges, abréviation de Saint-Georges terrassant le dragon. Notre ancien se dissimule sous le pseudonyme, lourd de menaces, de Pépé Colère. Voici Bara-le-Bol, c'est un jeu de mots empli d'humour. Enfin, notre benjamin répond au sobriquet de Jo Chlorophylle.

Il ouvrit tout à trac un imposant couteau à cran d'arrêt jailli d'une poche de son blouson, grinça, hagard :

— Il n'y a pas de flic dans l'assistance, j'espère?

Camadule, qui reprenait ses esprits, éleva enfin le ton :

— D'abord, referme ton bazar d'infantile. Il y a pas de flic mais on aimerait savoir qui vous êtes. Et pourquoi que tu me cherches.

Le cran d'arrêt, replié, réintégra sa cachette. Robin des Murs, puisque Robin des Murs il y avait, lança des coups d'œil de conspirateur aux quatre coins du café avant de chuchoter :

— Résistance.

Debedeux, dès qu'il était pétrifié, répétait toujours ce qu'il ne comprenait pas clairement :

— Résistance? Résistance à quoi?

— Moins fort, camarade! Nous appartenons au C.N.R.P.

— Au C.N.R.P.? ânonna Debedeux de plus en plus chagrin.

Robin des Murs expliqua, agacé :

— Oui! Le Comité national de Résistance au Progrès! Connais-tu notre mot d'ordre?

— Non... Je ne crois pas...

Le commandant du groupe Saint-Georges pivota vers les membres qui braillèrent derechef à l'unisson :

— Le plastic détruira le plastique!

Robin des Murs réjoui commenta, des lueurs meurtrières dans les prunelles :

— Le C.N.R.P. tuera le béton! Ressuscitera la

138

verdure! Nous sommes des milliers résolus à tout, crime compris, pour sauver la nature!

— La flore et la faune sont les deux mamelles de la France, récita Pépé Colère sans sommations.

Son supérieur poursuivit, mystérieux :

— Quelqu'un du mouvement nous a parlé de toi, Camadule.

Camadule maugréa, dérangé par tout ce tohu-bohu :

— On serait peut-être mieux assis pour discuter? Assis autour d'un ou deux pots de Beaujolais nouveau, par exemple? Ça égaie la conversation.

Robin des Murs s'assit, ordonna sèchement « Assis! » à sa troupe. Camadule, Beaujol et Debedeux s'installèrent aux côtés des « résistants ».

— Tu nous excuseras, camarade, fit Robin des Murs à l'adresse de Camadule, mais nous ne buvons jamais de vin. Que de l'eau de source et des jus de fruits.

Cet ostracisme contraria son interlocuteur :

— Le raisin, c'est pas un fruit? C'est quoi, alors? Des billes de roulements à billes?

— Nous sommes contre tout ce qui n'est pas originellement dans la nature. L'alcool n'existe pas à l'état naturel.

Camadule pinça les lèvres, les desserra pour interpeller Lafrezique :

— Naturel ou pas, amène du Beaujol, Gaston, et de la flotte pour les kamikazes des fontaines.

Jo Chlorophylle souriait de plus en plus niaisement à un Captain Beaujol de plus en plus hypnotisé par cet échantillonnage de bubons. Robin des Murs reprit :

— Camadule, ton mode de vie libertaire, ainsi

que celui de tes copains, nous intéresse, tout comme les propos subversifs que vous tenez et qui nous ont été rapportés par nos antennes clandestines. Nous recrutons tous les hommes de bonne volonté pour mener le combat contre les pollueurs et les assassins de notre mère Nature. La lutte commence, nous avons besoin des bras de tous les purs!

Dans le feu de la harangue, il avait rouvert son cran d'arrêt. Pour ponctuer ses propos révolutionnaires, le Zapata agreste planta son arme violemment dans la table de marbre. La lame en souffrit fort, se tordit à la façon d'un macaroni plongé dans l'eau bouillante.

— Mon couteau! pleurnicha Robin des Murs en proie à une douleur gamine, mon couteau! Mon beau couteau!

— On a pas idée, aussi! rigola Captain Beaujol.

— Je la croyais en bois, moi, comme toutes les tables...

— Faut être rien con!

Le chef des Saint-Georges boys pâlit sous l'insulte, surmonta enfin et sa peine et son courroux pour tonner, livré à tous les moulins à vent qui brassaient de l'air dans les méandres de son esprit :

— On les aura! Ils ne passeront pas! *No pasaran!* Arrière, les destructeurs! La guerre sainte est déclarée! En route pour la croisade de l'oxygène! Mort au Parti immobilier! A bas les P.-D.G. des usines dépourvues de bassins de décantation et de systèmes antifumée!

Ses yeux exorbités desservaient ces justes causes, les eussent rendues suspectes à des bergers à galoubets. Il attrapa vivement le bras de Camadule qui faillit renverser son verre, ce qui, bien sûr, augmenta sa mauvaise humeur :

— Camadule! Tu sais ce qu'on en fait, nous, des P.-D.G. de la nuisance industrielle?

— Du boudin?

— Ça viendra! Pour l'instant, nous n'en sommes qu'au stade des premiers avertissements. Jo Chlorophylle!

— Présent, Robin des Murs! éructa l'acné de tous ses cratères.

— Jo Chlorophylle, qu'avons-nous fait, l'autre soir, au directeur des engrais « Beaugarden and Co. »?

— Nous l'avons enlevé, chef.

— Et puis?

— Nous l'avons mis tout nu.

— Et puis?

— Nous l'avons plongé dans un tonneau plein de caca.

Les quatre fanatiques de l'herbe tendre éclatèrent ensemble d'un rire sardonique. Pépé Colère trépigna, le râtelier en roue libre :

— Il n'y avait que la tête qui dépassait! On a ri! Mais ri!

— On est des purs, mais on est des durs, déclara sombrement Bara-Le-Bol.

Une idée tracassait le positif Debedeux. Il finit par l'exprimer :

— J'aimerais savoir où vous trouvez de quoi remplir un tonneau de caca?

— On se démerde, répliqua, laconique, Robin des Murs. On fait des collectes.

Pépé Colère, humble, le tirait par la manche :

— Chef! Je peux fumer une cigarette?

— Non. Tu en as déjà fumé deux.

Le vieux gémit, au bord des larmes :

— J'ai droit à cinq!...

— Et les cabinets? Tu ne fumes pas aux cabinets, peut-être?

Pépé Colère pleura pour tout de bon :

— Non, je fume pas aux cabinets! Non, je fume pas aux cabinets!

Robin des Murs exposa aux piliers du Café du Pauvre :

— Ni alcool ni tabac! Mais Pépé Colère, étant donné son âge, ses cinquante ans d'intoxication, bénéficie d'une mesure de clémence exceptionnelle. Va, Pépé Colère, tu peux fumer, nous ne sommes pas des bourreaux!

Pépé Colère, enthousiasmé, sortit de sa vareuse un paquet de gris, des feuilles, et un briquet à amadou que Robin des Murs désigna à Camadule :

— Nos ennemis nous traitent de passéistes. Faux! Nous sommes des primitifs. Des sauvages. Et nous en sommes fiers. Nous livrons bataille au briquet à essence, au briquet à gaz. Nous nous éclairons à la bougie. Nous ne circulons qu'à vélo parce que le vélo a cent ans. La Tour-Prend-Garde, Camadule, qui met en péril tout l'équilibre de ce quartier pittoresque, nous la ferons sauter quand elle sera finie!

— Merci bien! protesta Camadule. Elle nous tombera dessus!

— C'est dans notre plan quinquennal, dit froidement Robin des Murs. Mais n'aie pas peur, ami! le C.N.R.P. revendiquera l'attentat. Plus il y aura de victimes, plus on parlera de nous. Tout pour la cause!

— Vous êtes siphonnés!... s'émut a son tour Debedeux.

— Nous sommes des soldats. Tant pis pour la casse! La nature passe avant tous les intérêts particuliers.

Ses trois séides grognonnèrent en chœur :

— La nature est notre grand-mère.

Robin des Murs, qui essayait en vain de redresser la lame de son couteau, la pointa sur la poitrine de Camadule :

— Résumons-nous, frère. Es-tu des nôtres, avec tes hommes?

Camadule sourit, dédaigneux, ironique :

— Ce ne sont pas mes hommes. Et je ne suis pas des vôtres. Je ne suis à personne, et eux non plus.

Robin des Murs se rembrunit :

— Je croyais que vous vous battiez contre la société?

— Erreur. On ne se bat pas. On la fuit. On lui tourne le dos. On lui cause pas.

— Ce n'est pas courageux.

— On n'est pas courageux! Du tout! Pas vrai, Captain?

Beaujol opina :

— On est courageux que contre les fellouzes! Ah! si vous attaquiez à la grenade le foyer des travailleurs immigrés, je serais des vôtres!...

— Ce n'est pas notre problème, trancha le visionnaire de la lessive à la cendre de bois. Camadule, il faut entrer dans l'arène! Charger sabre au clair sur tous les fronts! Rejoins nos rangs!

— Tu rigoles, mon pote. On en sort, des rangs, c'est pas pour aller s'y remettre. Tout ce qui est groupe, communauté, association, ça nous les casse.

Quand on voit un défilé, on se planque dans les armoires.

Debedeux, nerveux, trempait par inadvertance sa cravate dans son verre. Il intervint :

— On est pour la nature, mais pas comme ça. Ça ne doit pas être tout à fait la même. Camadule a raison, le côté organisé, on marche au pas main dans la main et tous ensemble à la manif, ça nous emmerde. On est des chats de gouttière, monsieur. Des chats sur ce zinc brûlant! On est des braconniers. Des individus. Et c'est mal vu, l'individu, c'est plus à la mode du tout. Les collectivités ont horreur de ce type qui ne sert à rien. Elles te le traquent, l'homme seul! Faut qu'il s'inscrive! Faut qu'il cotise! Qu'il hurle avec les ânes! Alors nous, qu'est-ce qu'on fait? On passe entre les gouttes. Sans dossards! Sans numéros! Enfin... moi, j'y suis pas encore... Mais ça se dessine... Je vais peut-être me tirer... sur la pointe des pieds!...

Robin des Murs se leva, méprisant, imité par sa troupe :

— J'ai compris. Vous ne voulez pas lutter contre cette société dévorante, destructrice et tentaculaire.

— Non! explosa un Camadule libérant enfin la pression. Et ce n'est pas vos conneries de vieux boy-scouts qui vont beaucoup la démanger, la société. C'est pas en ramassant les papiers gras que vous allez la chambarder. D'abord, si vous voulez la changer, c'est que vous en faites partie. Pas nous. On s'en fout! Tu entends, on s'en fout! Notre programme, notre petit plan quinquennal à nous, c'est de s'en foutre! De hausser les épaules! De s'en laver les pognes! De s'en tamponner le coquillard!

144

Et de coincer la bulle quand tout s'agite autour de nous!

Robin des Murs fit, glacial :

— L'individu est condamné.

— Eh bien, tant pis pour les autres! A la longue, il manquera quand même, sur terre.

— Vous êtes des passifs, des conservateurs.

— Faudrait le savoir, ce qu'on est! Y en a qui nous traitent d'anars. On n'est rien de tout ça. On regarde passer les trains. Tous les trains! En buvant le coup.

— Même que tout ce qu'on veut c'est de le boire tranquilles, notre coup! conclut Debedeux excédé.

Robin des Murs cria :

— Saint-Georges, garde à vous! Air pur?...

— ... Pour tous! aboyèrent les combattants de l'ombre.

— Demi-tour à droite, droite!

Pépé Colère, ayant mal entendu, prit à gauche, donna du nez dans les furoncles de Jo Chlorophylle. Ayant de donner l'ordre de la retraite, Robin des Murs s'adressa encore à ces asociaux, à ces marginaux, à ces déserteurs :

— Si vous changez d'avis...

— Non! Jamais!

— Si vous changez d'avis, nous nous réunissons le premier samedi de chaque mois à minuit dans le terrain vague derrière l'église. Le mot de passe de la prochaine réunion sera : « Tout baigne dans l'huile, sauf les sardines. » C'est un proverbe breton.

Camadule le congédia d'un geste las.

— En avant, marche! commanda Robin des Murs, et le groupe Saint-Georges (terrassant le dragon) évacua le Café du Pauvre. On le vit regrimper sur ses bicyclettes et disparaître dans la nature, ce qui paraissait tout indiqué.

— Y a pas que des épées, dans l'écologie, murmura Debedeux avec philosophie. Y avait pas que des belles cannes, du temps des mini-jupes.

— C'est ça, les grandes causes, dit Camadule. Et même les petites. Y a toujours des guignols pour les épouser.

— J'ai assez épousé comme ça.

— Qu'est-ce qu'ils nous voulaient, Paulo, ces pèlerins? ronchonna Captain Beaujol, assez réfractaire aux didactismes.

— Nous coller un uniforme.

— Ah! oui? fit Beaujol intéressé.

— Nous faire attraper des idées qui leur ont sauté dessus un soir qu'ils regardaient la télé.

— Ah! bon?...

— Nous l'introduire, quoi.

— Comme des biques! tempêta le Captain. Je me disais aussi, à les voir boire de la flotte, que c'étaient des malades!

— Qu'est-ce que tu as contre les malades? protesta Lafrezique derrière son comptoir. Faut bien que tout le monde vive, même les malades!! Sans les malades, où qu'elle en serait, la médecine? Au Moyen Age! Et qu'est-ce qu'ils feraient, les toubibs, à part des pantoufles et de la brillantine? On en fait croûter, du monde, nous autres! Laboratoires, hôpitaux, pharmaciens! On est une industrie comme l'automobile! Y aurait que des biens portants, vous les verriez venir, le chômage, la misère, la mort!

Poulouc entra, le visage étoilé de peinture, une

toile sous le bras. Camadule lui tendit d'autorité un verre :

— Siffle-moi ça, môme. L'art, c'est bien gentil, mais faut pas y laisser le sens des réalités. Si elle se marre, la Joconde, c'est qu'on vient de lui glisser dans la trompe d'Eustache que le Beaujolais nouveau est arrivé !

Poulouc but, claqua de la langue :

— C'est pas le frère à dégueulasse, ce tutu ! Tu peux en renvoyer une giclée. Oh ! Debedeux, un œil sur l'œuvre ! Mais faut vous reculer, les autres ! Respecter la perspective !

Poulouc entamait sa période rose. Rose, le fond de son tableau. Rose encore, la « Nénette à loilpé ». Elle se détachait mal du décor. On ne voyait clairement d'elle qu'une touffe noire qui lui ébouriffait le bas-ventre. Poulouc se rengorgea :

— J'améliore. Je raffine. C'est des vrais poils de barbouzin, fixés à l'adhésif.

— Où que tu les a pris ? interrogea Beaujol toujours curieux de remonter à la source.

— Maman me les a donnés. Qu'est-ce que tu en penses, Debedeux, de cette progression en direction du néo-réalisme ?

Debedeux eut une moue :

— Tu t'intellectualises, Poulouc. Fais gaffe à pas trop faire réfléchir les clients, ils aiment pas ça.

— Des poils de cul, ça n'a rien d'ésotérique !

— Si. Ils se demanderont qu'une chose, si c'est du toc ou pas. Pendant qu'ils se poseront la question, ils négligeront l'ensemble.

Debedeux détourna brusquement la tête. Cette controverse picturale ne pouvait, en fin de compte, le distraire de son idée fixe, qu'aiguisaient tout à coup les buées du Beaujolais nouveau. Camadule s'aperçut que son ami passait derrière des rideaux.

— Debedeux! Qu'est-ce qu'il y a? Tu as un coup de mou?

Rageur, Debedeux vida le verre de Beaujol. Le légitime propriétaire n'osa souffler mot.

— Il y a, les copains, que ça se rapproche, la panique. Que la nuit tombe sur Debedeux. Que Debedeux, dans trois jours, il remet ça comme un con à la « Bang-Bang Aéronautique »...

CHAPITRE VI

Debedeux, boulevard des Italiens, dans son bureau style « design », Debedeux s'étiolait loin du Café du Pauvre, perdait ses feuilles comme un peuplier d'automne, comptait à présent les heures qui le séparaient de celle, éblouissante, de l'apéritif du soir.

Paul Debedeux, le responsable des coordinations internationales de la « Bang-Bang Aéronautique », vingt ans de maison, monsieur Debedeux se mourait.

Les mains derrière le dos, il arpentait ce matin-là sa prison, sans se soucier de la présence de Nicole Guillaneuf, sa nouvelle secrétaire. Des pensées noires neigeaient, anthracite, boulets, poussier, dans sa pauvre tête : « Mais qu'est-ce que je fous là, nom de Dieu! qu'est-ce que je fous là, à côté de mes pompes et loin de Beaujol, d'Adrien et de Poulouc? J'ai pas le droit de rigoler de Chanfrenier, Chanfrenier c'est moi! Et l'autre grenouille qui me regarde avec des yeux qui se voudraient dynamite au rayon des boutons de braguette! Elle m'aime, les potes, je vous parie la tournée qu'elle m'aime! Qu'elle m'épouse dès que mon divorce est prononcé! Qu'on aura ensemble une vie merveilleuse, et une résidence secondaire en Normandie, accessoirement! Qu'on se fera un bébé pour éterniser notre amour, immortaliser nos étreintes et les fossiliser! Tu m'emmerdes, gourdasse! Fini, Debedeux au foyer! Le grappin sur Debedeux l'andouille, c'est cuit. Râpé. Mort. Va chez plumeau, mémère, avec ta panoplie de femme d'intérieur, je la connais par cœur, du porte-jarretelles noir du samedi soir au collant de tous les jours! Dix heures... Qu'est-ce qu'ils font, là-bas? Camadule est allé à la charcuterie auvergnate de la rue Alexandre-Soljenitsyne, ex-rue Joseph-Staline. Il a ramené du pâté et de la saucisse sèche. Ils sont là tous les trois à la table du fond. Ils vont s'écrouler chacun une boutanche de Beaujol nouveau. Peut-être qu'ils parlent de moi, qu'ils disent : « On est mieux qu'où il est, Debedeux. Qu'est-ce qu'il va en faire, ce con, du fric qu'il gagne en perdant ce qu'il ne retrouvera jamais, le petit moment heureux de la saucisse sèche entre amis? » Merde aux coordinations internationales! Merde à l'aéronautique! Merde à ce bureau de merde! »

Sans le savoir, il lâcha un « merde » à haute voix, ce qui fit tressaillir Nicole occupée à songer avec attendrissement aux tempes grises de monsieur Debedeux et au sac de chez Hermès qu'il lui offrirait peut-être dans un mois pour l'anniversaire de ses vingt-quatre ans...

Monsieur Debedeux aplatit sous son regard sombre cette étrangère à ses méditations. Elle en grelotta du slip et du soutien-gorge. Adieu, Saint-Tropez au mois d'août! Il lui faudrait aller à Quimperlé comme l'année dernière, chez les grands-parents de Freddy, ce petit comédien inconnu qui se prenait à la fois pour Gérard Philipe et pour son fiancé...

Vaillante, elle sortit d'un tiroir un flacon de détachant, se dirigea vers Debedeux pour le reconquérir :

— Excusez-moi, monsieur Debedeux, mais vous avez une tache au revers de votre veston... Si vous le permettez...

Debedeux gâtait quelque peu ses costumes, actuellement. On ne prêtait aucune attention à ces détails futiles, au Café du Pauvre. En outre, ils avaient recueilli, Beaujol et lui, un camarade chat errant qui dormait volontiers, sans qu'on eût la cruauté de l'en chasser, sur les habits du cadre supérieur.

— Ce n'est pas grave, mademoiselle, bougonna Debedeux au supplice d'avoir à subir la classique opération sentimentale du nettoyage de complet.

Le directeur, monsieur Malbrunot, entra au beau milieu de la scène, et Debedeux rougit, qui avait presque le nez dans les cheveux atrocement parfumés de sa secrétaire.

— Ne vous dérangez pas, Debedeux. Ni vous, mademoiselle. On sait ce que c'est.

Que savait-il de ce que « c'était » ?

— C'est une tache... balbutia Debedeux.

— L'alpaga gris, c'est salissant. Vous devriez porter du noir.

— Le gris va très bien à monsieur Debedeux, susurra Nicole en plein délire.

Elle ajouta :

— Voilà. La tache a disparu.

— Faites-en autant cinq minutes, mademoiselle,

151

s'il vous plaît, fit monsieur Malbrunot jovial. J'ai à parler à Debedeux.

Elle s'éclipsa, tout sourire et dandinant de la jupe. Monsieur Malbrunot, rêveur, secoua la tête :

— Sacré Debedeux! Encore un joli papillon de nuit à épingler dans votre boîte!

Debedeux maugréa :

— Certainement pas. C'est fini, pour moi, les bonnes femmes. J'ai trouvé mieux.

Monsieur Malbrunot ouvrit des yeux plus vastes que des camemberts :

— Mieux? Quoi donc?

— Je ne parle pas de sexualité.

— Ah! bon! Et votre divorce?

— C'est en route.

— Ce changement d'existence a dû vous perturber beaucoup, Debedeux.

— Pourquoi me dites-vous cela?

— Il me semble que depuis votre retour de vacances d'hiver, vous avez changé.

— Je... je ne crois pas...

— Ce n'est pas un reproche, mais vous prenez moins d'initiatives... Vous êtes moins débordant d'idées choc... Vous m'avez fait l'autre jour un léger « couac » avec la Mauritanie...

Ils jouaient au 4.21 sans lui, et Debedeux s'entendit prononcer machinalement :

— Je peux vous remettre ma démission, monsieur Malbrunot.

Le directeur sursauta, demeura coi quelques secondes avant de s'écrier :

— Mais vous êtes fou, Debedeux! Je m'intéresse à votre mode de vie, à votre santé, je mentionne une broutille dans le service, et tout ce que vous trouvez à me répondre, après vingt ans de maison, c'est de me lâcher en pleine figure l'horrible mot de démission? Vous me peinez, Debedeux, et vous me surprenez!

Debedeux ne souhaitait pas chagriner cet excellent homme.

— Pardonnez-moi, monsieur Malbrunot. Cela m'a échappé. Vous avez raison, je suis un peu énervé en ce moment, je ne sais pas pourquoi. Je retire ce que j'ai dit.

— A la bonne heure! A mon tour, je m'excuse, pour la Mauritanie. On s'en fout, de la Mauritanie. Ce n'est pas un marché, à peine une carriole de quatre-saisons.

— Je vais me concentrer, monsieur Malbrunot, m'appliquer...

— Ne soyez pas enfant. Restez ce que vous êtes, et tout ira bien.

Monsieur Malbrunot écourta la conversation, frappa virilement l'épaule de Debedeux et sortit. Nicole Guillaneuf reprit place derrière sa machine à écrire électrique.

« Restez ce que vous êtes. » C'était là que le bât le meurtrissait. Il ne serait jamais plus ce qu'il avait été, ce cadre irréprochable, « fiable », efficace et sans taches. Il était entré au Café du Pauvre sans espoir et surtout pas avec celui de transformer sa vie. Il n'avait plus, depuis, l'envie d'en ressortir. Il n'allait pas demeurer là, dans ce bureau sinistre, à bâiller, à tricher, à perdre le plus clair et le plus précieux de son temps, à le consacrer stupidement aux dérisoires coordinations internationales de l'accessoire « Bang-Bang. Aéronautique » alors qu'existait quelque part un paradis à sa mesure! Il lui faudrait un jour prendre une décision et retourner au ventre de sa mère. Ou de son père...

Hébété, il regardait sans la voir cette fille qui n'était pas de son monde enchanté. Elle lui souriait, la cruche, flattée de tant d'attention. L'invitation à dîner planait dans l'air. Monsieur Debedeux ne la formula pourtant pas, s'assit, feuilleta distraitement un dossier sans même essayer d'y fixer son esprit. De toutes ces pièces, il eût volontiers fait des cocottes, s'il en avait eu le courage physique. Tout cela était vain, puéril, absurde. C'était cela, absurde. Il n'avait pas le droit de ne pas jouer au 4.21 avec les autres, de ne pas grignoter de la saucisse sèche avec les autres. En croupissant ici, il commettait un crime inexpiable sur sa personne. Il eut alors une idée qui l'ensoleilla, la mit aussitôt à exécution. Il attrapa le téléphone, composa le numéro du Café du Pauvre, et Nicole interloquée put suivre de ses deux oreilles incrédules la plus brillante des conversations. En fait, elle n'en perçut que la face Debedeux, mais elle n'était pas sans charmes...

— Allô, madame Germaine? C'est Paulo. Oui, Debedeux. Ça va? Qu'est-ce que vous leur faites à midi à bouffer, à cette bande de vaches? Du miroton? Ah! les fumiers! Vous m'en gardez une assiette pour ce soir? Merci mille fois, madame Germaine. Ils sont là? Qu'est-ce qu'ils font? Ils jouent au 4.21? Je m'en doutais. Ah! les veinards! Vous pouvez m'en passer un, de ces affreux? N'importe lequel, ils se valent tous... Allô, c'est toi, Captain Beaujol? Re-bonjour, vieille noix. Tu as fait mon lit?... Fallait pas!... Tu as balayé? Tu vas te péter une joyeuse, si tu te forces! T'as mis les

154

balayures sous le lit? O.K., ça serait con de les mettre ailleurs... Qui est-ce qui gagne? Poulouc? Il me semble qu'il sort beaucoup d'as, en ce moment. Faut le surveiller d'un œil, oui. Je me demande s'il nous encaldosse pas un loubé depuis quelque temps, ce pâle voyou de mes deux... Vous avez cassé la graine?... Du fromage de tête? Je penchais pour la saucisse sèche... Et vous attaquez la troisième bouteille? Tais-toi, Beaujol, tu me files le bourdon. Tais-toi, je te dis. Je pédale dans la merde, ici. Oui, dans la merde. T'es sourdingue, aujourd'hui. Méfie-toi, mon frère, la paluche, ça bouche les étiquettes. Si, si, officiel. Remarque, ça vaut cent fois mieux d'être dur de la feuille que d'avoir une bergère à la crèche pour te becqueter la rate et le gésier!... Oui... Je sais... T'en dégoteras une... Hélas!... Bon, les abandonne pas... Dis-leur que je les embrasse. Mais non, je vire pas pédé, Beaujol!... Mais je pense à vous... A ce soir, bande de sales cons!...

Il raccrocha, rieur. La mine effarée de sa secrétaire le rafraîchit. Contre toute évidence, il lança, hargneux :

— Ben quoi, mademoiselle! C'était New York. Parfaitement, le bureau de New York! En Amérique!

Cette journée le reporta des trente-cinq ans en arrière, sur les bancs de l'école primaire, à l'époque où il tentait de pousser des yeux les aiguilles de la pendule pour retrouver plus vite la liberté de courir dans les rues, de jouer, de crier. Il ne cessa de consulter sa montre. Au Café du Pauvre, les heures passaient à toute allure. Ici, elles se traînaient sur la moquette comme autant d'escargots de Bourgogne. C'étaient les mêmes, pourtant...

Ce coup de téléphone avait déprimé Debedeux. Il n'aurait pas dû respirer, même d'aussi loin, cette bouffée d'air pur. Elle lui restait dans la gorge, plus importune qu'un cheveu. L'après-midi, Camadule avait dû s'offrir sa petite sieste quotidienne, de quatorze à dix-sept heures. Poulouc avait dû peindre. Il ne courait pas les filles, Poulouc. Il prétendait qu'il n'y avait rien là-dedans. Qu'il ne s'agissait que d'une forme archaïque du flipper. Captain Beaujol, lui, avait dû encore embellir son intérieur. Depuis que Debedeux s'était installé dans la maisonnette, le propriétaire se mettait en quatre aux fins d'honorer son hôte de marque. Des fleurs de plastique trônaient sur tous les meubles, et Beaujol leur vaporisait des essences rares sur les pétales. Elle empestaient ainsi uniformément la violette. Histoire de prouver aux invités qu'il n'était pas une bête mais un authentique intellectuel de droite ou de gauche, la tendance lui importait peu, Captain Beaujol avait échangé à Camadule contre une bouteille de Pernod trois mètres cinquante d'une collection reliée des *Science et Vie* des années 20.

A dix-huit heures enfin, Debedeux enfila son pardessus, se coiffa de son chapeau, gicla de ce damné bureau avec la force vive d'un trait d'eau de Seltz à l'assaut d'un whisky.

Pour éviter d'attendre l'ascenseur, il se précipita dans l'escalier. Il s'y rua si bien qu'il rata une marche, en dévala une vingtaine d'autres sur le dos, éparpillant au hasard de sa chute son couvre-chef, ses chaussures et son attaché-case.

156

L'huissier de la « Bang-Bang Aéronautique »
fondit à son secours, l'aida à se relever non sans
mimer professionnellement les plus mortelles
angoisses :

— Monsieur Debedeux! Vous vous êtes fait mal,
monsieur Debedeux?

— Merci, Fernand... Je ne crois pas.

— Vous auriez pu vous tuer, monsieur Debedeux! Ou vous casser quelque chose, monsieur
Debedeux! Voulez-vous que j'appelle le docteur,
monsieur Debedeux?

— Non, le croque-mort! grommela Debedeux
pendant que l'autre l'époussetait à tour de bras,
aux antipodes de Spartacus.

— Vous m'avez fait peur, monsieur Debedeux!
J'en ai le souffle coupé, monsieur Debedeux!

Agacé, Debedeux écourta les envolées lyriques de
l'employé modèle, salua le chien fidèle qui lui
ouvrait à plat ventre la porte de l'ascenseur. Cet
incident oublié, ce fut avec jubilation que Debedeux, dans le parking de l'immeuble, s'installa au
volant de sa voiture. La récréation allait commencer. Pas trop tôt. Il était vraiment trop cher payé,
l'argent de la « Bang-Bang Aéronautique ». Hors de
prix...

— T'as pas de carreau, Debedeux?

— Si, Adrien. Pourquoi?

— Pourquoi! Parce qu'il faut fournir à l'atout,
pardi! Ça se fait! T'es dans les vapes, ce soir!

Debedeux désolé posa son jeu sur le tapis :

— C'est vrai, les gars. Excusez-moi, mais j'ai pas
la tête à jouer.

Conciliant, Captain Beaujol jeta lui aussi ses cartes :

— Ça peut arriver. On va pas en chier un torpilleur. Moi aussi, des fois, je pense à autre chose. A mes frères d'armes disparus dans les embuscades de ces fourbes de troncs... Au doux sourire de la petite fée qui viendra égayer mon logis... Merde, Adrien, me file pas des coups de pantoufle sur le cigare!...

Camadule, déjà, se rechaussait et, soucieux, questionnait Debedeux :

— Causons plus de belote! Qu'est-ce qu'il t'arrive, mon vieux ?

— Il m'arrive que j'en ai ma claque de bosser. De vous savoir là et moi là-bas, c'est plus possible. C'est un déchirement, un crève-cœur...

Poulouc fut catégorique :

— Je t'avais prévenu. Faut tout laisser tomber, ou tu vas finir chèvre.

Debedeux soupira :

— De toute façon, même si je m'accroche encore, ils vont finir par me foutre à la porte, c'est écrit dans les astres. Je suis plus capable de lire ou de dicter une lettre, les statistiques me passent au-dessus de la cafetière comme des volées de perdreaux.

Poulouc fit, logique :

— Alors, attends qu'ils te virent. T'as droit à une indemnité. Et probablement pas sale, je suppose ?

Tenté par cette extrémité, Debedeux se dérida :

— Vingt ans de boîte, oui, ça pourrait faire un joli paquet. De quoi voir venir le printemps et l'été. Un autre printemps et un autre été, aussi...

Le jeune homme s'indigna :

— Et tu hésites! A ta place, je perdrais ma place! Deux printemps, deux étés, ça se retrouve pas, Debedeux, jamais!

Le cadre en détresse chercha les yeux de Camadule :

— Le môme a raison, Adrien, pour les printemps. Mais toi tu peux comprendre ce qu'il peut pas piger : que ça me chiffonne d'être vidé comme un malpropre. A quarante-cinq balais, on n'a pas besoin d'une humiliation. Les coups de pied au cul, à cet âge-là, ça marque indélébile. Ça pourrait même me gâcher le Beaujolais, si tu vois...

— Je vois.

— Et ça serait moche que ça me le gâche alors que j'ai eu tant de mal à y accoster.

— En parlant de Beaujo...

Camadule emplit les quatre verres, réfléchit tout en trinquant avec ses compagnons :

— Y a un moyen plus courant et plus élégant de rester au bercail. Pourquoi que tu piques pas un macadam, Debedeux?

— Me faire porter pâle?

— Pourquoi pas! Tu peux être malade. La moitié de la France au travail est toujours aux assurances. L'autre moitié attend que la première moitié soit rétablie pour être malade à son tour. C'est tacite et reconnu par la Sécurité sociale. C'est ça, l'équilibre des mondes modernes. Dans ton cas, tu sauves l'honneur si tu te mets à cracher tes poumons kif-kif la Dame aux Camélias.

Debedeux rêva :

— C'est pas idiot, ce que tu dis là. Ça me plairait que les apparences soient de mon côté. Le seul ennui, c'est que je suis pas malade du tout. J'ai pas les dispositions de Gaston. Le premier médecin qui va m'examiner, il va me taper dessus avec son stéthoscope avant de me jeter dehors!

Camadule le considéra avec commisération :

— Tu me peines, Debedeux. Jusque-là, je te croyais intelligent, mais ce que je redoutais s'est produit : Beaujol a déteint sur toi. On te l'avait pourtant dit que c'était pas sans péril de cohabiter avec l'innocent du village! Tais-toi, Beaujol! Je suis ton aîné! Respecte au moins mes cheveux blancs!

— Je vais te les faire bouffer en salade, tes cheveux blancs! éructait le Captain.

On lui intima non sans mal le silence, et Camadule put développer son argumentation :

— Quand je t'expose gentiment que la moitié du pays bat de l'aile, les bras en croix, la gueule ouverte, faut surtout pas croire qu'ils sont tous nazes, les candidats à la chaise longue! Y en a tout juste 1 $^0_0$ de grippés. Les autres, ils inventent! C'est ça, le vrai génie français, le seul! J'en connais cinq ou six, dans la Réserve, qui sont passés champions grabataires toutes catégories. Inguérissables, les malheureux. Ça fait des un an, deux ans, trois, qu'ils agonisent. Agrippés des quatre pattes comme Remus et Romulus aux roberts nourriciers des Assurances! Personne les fera lâcher! Mithridatisés qu'ils sont, les morbaques, contre tous les D.D.T. imaginables! Tu vas quand même pas me soutenir que tu n'as pas autant de chou que ces autodidactes, non?

Debedeux se mordait les lèvres :

— Je vois pas... Ça me saute pas dessus, les fièvres... J'ai le microbe en panne...

160

Poulouc l'interrogeait :

— La dépression nerveuse, tu veux pas en tâter ? La dépresse, c'est du nougat. Les toubibs, y peuvent pas entrer dans ton moi intime. Ils restent à la lourde.

Debedeux fit la grimace :

— Ouais... Mais c'est pas très folichon, de jouer les déprimés. Un coup à le devenir authentique, et à sangloter dans le tutu !...

— Barjo, ça t'irait pas ? Tu pousses des cris de bête, tu te balades avec une casserole en guise de Borsalino...

— Pas très cocasses, tes solutions. Si je réussis pas à faire le dingue, on me traite de simulateur. Si j'ai trop de succès, on m'enferme et on me relâche plus.

Camadule intervint :

— Y a un truc qu'est bonnard, aussi simple que de vider un godet : tu tombes.

— Je tombe ?

— Sur le cul. Et t'as mal dans le dos. Et ils l'ont dans l'os. Quand t'as mal dans le dos, t'as mal dans le dos, on peut pas te prouver le contraire.

— En somme, faudrait que je me plante dans un escalier ?

— Oui.

— Eh bien, ça tombe au poil, Adrien, que je doive tomber. Ce soir, au boulot, je me suis viandé en ratant une marche. Je me suis même payé un sacré soleil tellement que j'étais pressé de rappliquer ici. C'est l'huissier qui m'a ramassé avec une pelle.

Camadule retira sa casquette, s'adressa, au-dessus d'eux, à l'ampoule électrique :

— Merci, mon Dieu! pour le coup de main que vous venez de donner à l'ami Debedeux. Merci de lui avoir parachuté le plus opiniâtre des lumbagos connus jusqu'à ce jour!

Il abandonna Dieu à son plafond, broya les mains d'un Debedeux éberlué :

— Tu es sauvé, Debedeux! Tu vas entamer une seconde carrière. Le lumbago s'ouvre à toi! Tous les mois, tu passeras une visite. Tous les mois, ça n'ira pas mieux. Oui, docteur, j'ai moins mal, mais j'ai toujours mal. Ça se coince quand je me baisse. Ça se bloque quand je me redresse.

Excité, Debedeux chargeait :

— J'améliore, Adrien! Écoute-moi! Docteur, c'est bien gentil tout ça, mais ce n'est pas une existence que de ne rien faire. Je veux retravailler le plus vite possible. Je ne suis pas un de ces rats de bistrot qui vivent aux crochets du pays. Écoute le docteur, maintenant : Mais je n'en doute pas, mon ami! Seulement, soyez sérieux. Si vous souffrez, ce n'est pas en reprenant vos activités que cela va s'arranger, bien au contraire. Vous êtes tous les mêmes, les cadres supérieurs! Vous vous imaginez que le monde ne peut pas tourner sans vous. Elle attendra, la « Bang-Bang Aéronautique »! Votre santé d'abord! Du congé, je vous en remets pour trois mois. N'insistez pas, je serai inflexible! On joue pas aux osselets avec ses vertèbres!

— Excellent, approuva Camadule. Tu as saisi la tactique. Le gars qui pleure quelques jours de soleil, on le renvoie au charbon d'autorité. Mais celui qui renaude furieux pour aller tremper sa chemise, il inspire confiance, on peut pas croire qu'il crawle à ce point sur la mer de l'entourloupe.

On lui refuse méchamment le plaisir qu'il aurait à pointer dans son amour de petite usine perdue sous les branches. Debedeux, n'oublie pas que tu ne fais que changer de spécialité. Tu restes cadre, mais dans le lumbago. Un lumbago bien conduit, bien entretenu, ça va chercher dans les trois ans. Ça laisse le temps de voir venir, et si on pouvait voir venir aussi quelques bouteilles pour arroser ta promotion sociale, ce ne serait nullement superfétatoire !

Doit-on avouer qu'ils se comportèrent pis que des coyotes pour fêter les débuts de la déchéance de Paul Debedeux ? Doit-on les trahir en révélant le nombre de bouteilles de Beaujolais nouveau qu'ils vidèrent en chantant de navrantes imbécillités ? Doit-on recouvrir d'un manteau de pudeur ces Noé des bords de Marne allongés sur le carrelage alors que sonnaient quatre heures au clocher de notre sainte mère l'église ? On ne pense pas qu'on doive attenter à la dignité de ces hommes, qui sont nos frères. On ne dira rien.

— On dira rien, fit Camadule désinvolte, mais on devait peut-être en tenir une légère, cette nuit, pour qu'on se réveille tous chez Beaujol...

Debedeux s'épatait :

— Je m'étonne qu'on se soit cassés à ce stade en buvant que du Beaujolais primeur. C'est inoffensif, comme boisson. Ça me laisse rêveur, quasiment interdit.

— C'est la joie, commentait Poulouc avec aplomb, rien que la joie qu'on a de ta libération, Debedeux. Ça soûle plus que le vin, le bonheur. Ça devrait pouvoir se garder en tonneau.

— Vous buvez trop, aussi, remarquait Beaujol

163

qui avait dormi sous son lit tout en se croyant de bonne foi dessus. Vous savez pas vous arrêter, ce qui fait que vous m'entraînez dans des orgies discutables.

— On le refera plus, Beaujol, grinça Camadule.

Debedeux bâilla, s'étira, radieux :

— Voici un lumbago qui s'annonce bien! J'irai pas au bureau ce matin. Même si je voulais, il est déjà onze heures. J'y passerai cet après-midi pour leur apprendre avec tristesse que j'abandonne quelque temps mon poste clé pour raisons de santé et pour la première fois de toute une vie consacrée au service de l'aéronautique.

Ainsi fit-il. Il partit non sans avoir fourré dans son attaché-case, pour le voyage, une bouteille de vin et un sandwich au camembert. Il avait perdu un bouton de son veston, et son chapeau souffrait encore des séquelles de la partie de rugby nocturne où il avait tenu l'office de ballon sur le terrain pseudo-gallois de la rue Maurice-Thorez.

Avant de pénétrer dans les locaux austères de la « Bang-Bang Aéronautique », il se restaura paisiblement assis sur un banc du boulevard des Italiens, et l'émoi fut vif, chez quelques passants rétrogrades, de voir ce monsieur, encore vêtu avec recherche, boire du vin au goulot à la manière des clochards.

Debedeux ne se souciait pas de l'effet produit, en homme qui, ce soir, se retirerait du monde actif et temporel, prononcerait ses vœux autour d'un zinc, refermerait sur lui le lourd portail du couvent du Café du Pauvre. Un coursier de la « Bang-Bang » le vit, se frotta les yeux, jura de renoncer à un petit blanc quotidien qui lui donnait de pareilles hallucinations.

Enfin, secouant les miettes de pain suspendues à ses revers, accrochées à sa cravate, le responsable des coordinations internationales entra dans son bureau tout en marchant avec difficulté.

Convoqué, le médecin de la firme entérina sans sourciller le lumbago de monsieur Debedeux, que certifiait conforme à tous les échos l'huissier Fernand témoin, la veille, de la catastrophe.

Supplié par l'intéressé de ne pas l'empêcher d'accomplir ses multiples tâches, le scrupuleux disciple d'Esculape refusa tout net, jurant sur le Conseil de l'Ordre qu'on ne pouvait en aucun cas, affligé d'un lumbago de cette envergure, envisager de les mener à bien. Pour un peu, il eût fait rapatrier Debedeux à bord d'une ambulance.

— Je suis navré, monsieur Malbrunot, geignit Debedeux dans le giron de son directeur. Vous allez croire, surtout après le léger couac avec la Mauritanie, que je tire au cul, comme on dit dans l'armée...

— Debedeux! Je vous en prie! Vous auriez pu vous casser une jambe, hier. Ce lumbago n'est vraiment qu'un moindre mal. Allez vous coucher tout de suite. Soignez-vous énergiquement, et revenez-nous vite.

— C'est mon plus cher désir, monsieur le directeur.

Les deux hommes s'étreignirent à la hâte, dissimulant, virils, leur émotion. Debedeux embrassa sur les joues sa secrétaire bouleversée. Il lui souffla dans les frisettes « A bientôt, ma petite », avant de disparaître clopin-clopant.

Monsieur Malbrunot, ennuyé, hocha une tête compatissante :

— Ce pauvre Debedeux! Pas de chance! Jamais une grippe! Il va en faire une maladie, de son lumbago. Tant de conscience professionnelle, cela n'existe plus, de nos jours.

Étourdiment, Nicole Guillaneuf murmura :

— C'est bizarre, monsieur le directeur. Il m'a semblé, quand il est parti, que monsieur Debedeux sentait le vin...

Monsieur Malbrunot la considéra avec ironie :

— Le vin, voyez-vous ça! Bravo! Le gros rouge, pendant que vous y êtes! Et monsieur Debedeux empeste le Beaujolais, peut-être! A l'avenir, mademoiselle, ne confondez plus l'odeur de la lotion après-rasage avec celle des futailles. Le vin, Debedeux! Le vin!... Et pourquoi pas le camembert!...

CHAPITRE VII

« Tu me demandes, Camadule, comment, moi
Debedeux, je vois l'an 2000 ? Tu le demandes à tout
le monde ? Tu es un malsain, Adrien. Je ne vois pas
plus loin que le bout de demain. Et demain,
n'oublie pas qu'on a provoqué Poulouc et Beaujol à
la pétanque, et qu'il faudrait peut-être qu'on
s'entraîne sec cet après-midi. Ton an 2000, c'est
comme les boules, c'est un jeu ? Ah ! bon... Passe-
moi les rillettes, des fois que ça m'aide à avoir des
visions. On entre dans le printemps 75 et le
quatrième mois de mon inguérissable lumbago.
L'an 2000, donc, c'est pour dans vingt-cinq piges.
Y va en défiler, de la mousse, sous les ponts de la
Marne, d'ici là ! Enfin, si ça t'amuse...

On peut penser, sans trop s'engager, que la
mode, en 2000, sera à 75, comme d'habitude.
Qu'on rechantera comme d'habitude les vieilles
romances d'autrefois, c'est-à-dire d'aujourd'hui.
On sera leur Belle Époque, à ceux qui ont vingt ans
en ce moment. Ils diront de ce temps présent que
c'était le bon temps, comme d'habitude. Obligé,
puisque ce sera celui de leur jeunesse ! Et ils
débineront les jeunes de 2000 en se moquant de

leurs cheveux courts. Et les jeunes de 2000 se marreront en entendant les chansons qui ont fait pleurer leurs vieux cons de parents : « *Petite fille d'abruti moyen* »... « *J'ai fait brûler mon C.E.S.* »... « *Qu'il était beau mon C.R.S.* »... « *Papa m'a donné des pilules* »... « *Israël vaincra* », sur l'air de « *Palestine chérie* »... Sans oublier les couplets sur la came : « *Avec l'ami Alphonse — C'est fou ce qu'on s' défonce* »... « *Du H que l'on prend dans ses doigts, et qu'on roule* »... Ni les refrains sexuels des années folles de la fesse : « *Souvenez-vous quand vous baisiez — A Censier* »... « *T'as joui comme une reine — A Vincennes* »...

Autre chose, Camadule, le cancer, on n'en crève plus. Ça se soigne mieux qu'un rhume. Seulement, y a d'autres véroles qui l'ont remplacé. Le borborygme trottinant, ça pardonne pas. Bon an mal an, ça rectifie un milliard de mecs sur la planète. L'onomatopée filandreuse s'en goinfre un autre, de milliard. Ça maintient grosso modo l'équilibre autour des dix milliards.

En France, on n'est que trois cents millions. 50,1 % votent à droite, comme toujours, 49,9 % à gauche, vieille tradition populaire. La gauche, elle espère passer en 2100. Elle touche au but, c'est quasiment la lutte finale! En attendant, ça fait quarante-deux ans qu'on a la même majorité dans la continuité, la stabilité et le changement. On a tout changé. Le Président s'appelle plus le Président, mais le Promoteur de la République. Il crèche dans une chambre de bonne, c'est pas gai, la démocratie. Il prépare tout seul sa modeste tambouille sur un très ancien réchaud à alcool, cadeau personnel de la reine d'Angleterre qui, à soixante-quatorze balais, a perdu l'Écosse, Galles, l'Irlande du Nord et toutes ses dents du sud.

Y a qu'un truc qu'a pas trop bougé, les conservateurs conservent toujours leurs conserves de fric en Suisse, conservent en prime le moral. Il y a une réserve internationale de mer pas polluée, quelques kilomètres carrés aux Tuamotous. C'est là qu'ils vont en vacances pour se fabriquer des petits conservateurs tout neufs qui sentent bon le sable chaud.

Comme tout le monde peut pas être conservateur, les conservateurs cajolent ceux qui sont pas conservateurs. Ceux-là, ils ont la piscine individuelle, obligatoire et laïque avec un dauphin en plastique pour pas trop penser qu'ils seront jamais conservateurs. Ils travaillent huit heures par jour, dont six de T.V. forcée pour les maintenir en forme intellectuelle. La T.V., au terme de son dixième plan quinquennal de ramollissement collectif et de liquéfaction par le vide — dit de « L'amorphe par la joie » —, atteint enfin les sommets du 99 $^0_0$ d'indice de jubilation béate. Bientôt, très bientôt, tous les imbéciles seront heureux, les crétins satisfaits, le Te Deum de l'idiotie triomphante couvrira tous les autres bruits de la Terre.

Soucieux d'éduquer son peuple, le gouvernement, par décret, a sauvé quelques vieux pauvres de la faim. On peut voir, dans les zoos, une poignée de ces témoins des civilisations disparues. On a le droit de leur jeter du pain. Ils crient « Merci! », ce qui étonne les enfants — définitivement mal élevés, ceux-là —, ramassent leurs croûtons avec des gestes gauches qui font s'esclaffer les visiteurs.

On se tue toujours en voiture, bien qu'elles

roulent à la crotte de poule enrichie à l'uranium en paillettes. L'État encourage cette forme désuète de mortalité, qui contrebalance l'excédent de naissances dû à la chute des valeurs morales et chrétiennes depuis longtemps dénoncée par les militaires. L'essuie-glaces, la ceinture et les rétroviseurs ont été supprimés des nouveaux modèles. Les pneus lisses sont chaudement recommandés par l'Insécurité routière. Les statistiques du lundi concernant les morts du week-end sont copiées sur celles des manifestations ouvrières de jadis : « 347 tués selon les syndicats, 78 selon la Préfecture de Police. »

Les touristes admirent les puits de pétrole désaffectés de l'Arabie séoudite, photographient ces acropoles modernes pendant que grouillent autour d'eux des émirs loqueteux mendiant des cacahuètes...

Dans les Maisons de Jeunes et de la Culture, le nouveau théâtre à l'estomac connaît un grand succès. Le manque de crédits, base de toutes les activités artistiques de la nation, contraint tous les acteurs à jouer à poil. Abreuvés de bière et d'eau pétillante, les comédiens rotent deux heures durant, brodant ainsi sur le thème éternel de l'incommunicabilité.

L'intérieur des tours est pressurisé, oxygène à tous les étages puisque tu y tiens, Camadule, à tes masques à gaz et à ton « Sweet-Caboolaw ». Si masques à gaz il y a, ils sont roses et à bavolet de dentelle pour les dames. En fait, on les porte peu, toute la vie active se déroulant en vase clos et tous les lieux publics étant recouverts de toits de polystyrène pour les protéger des nuages radioactifs, des oxydes de soufre et autres balivernes au monoxyde de carbone.

Mais dis-toi, Camadule, que le monde est heureux! Plus une voix discordante ne s'élève pour l'agacer. Le dernier des rouspéteurs a été gommé de la surface du globe avec le dernier artisan, le dernier poète, le dernier pêcheur, le dernier paysan, l'ultime homme libre. Les lois sociales ont eu leur peau. Ils ne joueront plus au tambour dessus. Les oies du Capitole, leur foie est en boîte!

Tes moutons de l'an 2000 paissent, baignés de musique douce vingt-quatre heures sur vingt-quatre. On les tond, on les bouffe sans qu'ils poussent le moindre soupir. Il n'aura fallu que du temps et de l'argent pour en arriver là. Je ne sais même plus s'il y aura encore des flics, tout un chacun sera le flic de l'autre, et son propre flic s'il le faut. On n'apprendra, dans les lycées, que de l'inodore, de l'incolore, du sans saveur, et l'uniformité naîtra de l'Université.

Ce sera l'âge d'or du veau d'or, du con croissant, multipliant. Le mot d'amour enfin programmé sur ordinateur, et pas un mot plus haut que l'autre! Pas une lentille au-dessus du tas de lentilles! La belle vie, quoi! Surgelée! A découper selon le pointillé! A l'heure du Jugement, on aura tous un avocat payé par les Assurances!

Tu m'as donné soif, Camadule, avec ton putain d'an 2000! Mais non, je t'ai pas filé le bourdon. J'ai dit n'importe quoi. Si ça se trouve, ça sera le paradis, l'an 2000! Oui, oui, le paradis. La bouteille de Beaujolais au frais dans l'eau de source, et nous allongés dans le pré à côté, du soleil sur la tête et une graminée au coin des lèvres, pourquoi pas, Camadule? Pourquoi pas?

CHAPITRE VIII

L'aigle noir de la désolation s'était posé sur le zinc du Café du Pauvre, y roulait des yeux comme un mauvais acteur de cinéma muet.

— Pour une emmerde, fit Debedeux — qui ne portait plus de cravate mais un mouchoir à carreaux noué autour du cou —, c'est une emmerde!

— On était trop tranquilles, balbutiait Germaine en pleurnichant, ça se passait trop bien depuis trente-cinq ans.

— Y a peut-être des médicaments pour ça aussi, hasarda Gaston.

— Ça remplace pas la nature, douta Camadule. Rien ne vaut le naturel, dans ces cas-là. Qu'est-ce que tu en penses, Poulouc?

Poulouc n'eut qu'une moue pour signifier qu'il n'entendait que couic à ce genre de problème. Gaston, sourcils froncés, y cherchait une solution :

— Y a peut-être des objets... des légumes... je sais pas, moi...

Germaine protesta :

— Gaston! Je t'en prie! C'est déjà assez triste sans que tu parles d'horreurs!

— Paraît que ça se fait... Maman Turlutte en cause des fois en revenant du marché...

172

Germaine sanglotait à présent malgré les affections qui l'entouraient. Camadule et Debedeux se regardaient, embarrassés, puis regardaient Poulouc avec insistance, Poulouc qui regardait les murs avec obstination.

Captain Beaujol entra, qui venait d'aller toucher sa pension. Les grises mines de ses amis, celles, plus plombées encore, des patrons du bistrot, le frappèrent de plein fouet. Il demanda, d'une voix incertaine :

— Ça va pas? Qu'est-ce qu'il se passe?

Camadule lâcha, mélancolique :

— Il se passe que Prunelle, elle a le haricot à la portière.

Cette expression sibylline, qui eût laissé muets, rêveurs, perplexes, les Quarante de l'Académie française, parut apparemment limpide à l'ex-sergent-chef, qui prononça, pour une fois très sobre :

— Merde!...

— Comme tu dis! approuva Debedeux.

Beaujol, ému, s'adressa à la mère :

— Ça y était jamais arrivé?

— Jamais. Je croyais qu'elle jouerait aux billes toute sa vie, que ça l'avait oubliée, ce truc-là. Et voilà que ça s'est déclaré cette nuit. Elle s'est mise à pousser des cris, à avoir des suées, à se tordre sur son lit. La pauvre gosse, elle ne comprend pas ce qui lui tombe dessus. Mais moi j'ai compris tout de suite qu'elle voulait... qu'elle voulait...

— Oui, coupa Beaujol énergique, qu'elle voulait le bouc!

— C'est ça, reconnut le père. Et depuis ce matin

elle joue plus aux billes. Elle est prostrée. Elle attend sans savoir ce qu'elle attend.

Captain Beaujol fixa Lafrezique :

— Faut faire quelque chose.

— Oui, mais quoi?

— Faut faire ce qu'elle attend. Tu pourrais t'en occuper, toi. L'inceste, c'est une pratique courante, non, dans le Massif Central? Quasiment un sport national?

Gaston haussa les épaules :

— C'est ce qu'on raconte à Paris. C'est du folklore, comme la bourrée. Ça s'est énormément perdu depuis qu'il y a la télé dans les fermes.

— Non, Gaston, protesta Germaine en pleurs, pas toi! Ça la traumatiserait davantage.

Son mari la prit par le cou :

— Aie pas peur de ça, Maimaine. De toute façon, je pourrais pas, avec la santé précaire que j'ai. Faudrait quelqu'un en pleine condition physique.

Camadule et Debedeux regardèrent de plus en plus lourdement Poulouc. Le brocanteur insinua :

— Quelqu'un de jeune...

Poulouc bougonna, gêné :

— Pourquoi que vous me regardez comme ça, tous les deux?

— Des fois que tu rendrais service à Germaine et à Gaston... susurra Debedeux, des fois que t'éloignerais le malheur qui plane sur la maison... Bref, des fois que tu monterais cet escalier, ça ferait plaisir à tout le monde en général, aux parents en particulier...

— Poulouc! supplia Germaine, s'il te plaît! Sois gentil!

174

Mauvaise tête, Poulouc se mit à bouder :

— Pourquoi que ça serait moi et pas un autre? On est quatre, ici!

Camadule haussa le ton :

— Parce que, bougre de petit voyou de banlieue surpeuplée, sale brute, agresseur de personnes âgées, tu as vingt-deux ans et pas nous, que le bonnet de coton de Prunelle ça doit être du genre cartable, qu'il lui faut au moins un démonte-pneu et qu'on n'a pas ça sur nous, nous les anciens! Voilà pourquoi tu dois te sacrifier!

— Tais-toi, Adrien! lança Debedeux en prêtant l'oreille.

Ils l'imitèrent tous. Au lieu du bruit familier des billes roulant sur le plancher, ils perçurent avec netteté, au-dessus d'eux, des plaintes de chatte de gouttière, des gémissements tragiques. Germaine se tordit les mains :

— La pauvre enfant...

Elle, à l'ordinaire si aimable, toisa soudain avec colère ses clients préférés :

— Vous me dégoûtez! Vous n'êtes pas des hommes!

— Faut pas dire ça, madame Germaine... murmura Debedeux gêné.

— Si, je le dis! Si elle n'était pas comme elle est, la pauvre petite, vous vous bousculeriez pour grimper là-haut. Vous ne l'avez jamais vue, d'abord!

Cette remarque éclaira l'œil porcin du Captain Beaujol :

— C'est vrai, ça, qu'on la connaît même pas! Comment qu'elle est?

— Pas mal, plaida le père. Un handicap mental, c'est pas physique.

— Elle est très bien faite, insista Germaine. Elle a de très beaux seins. Des cuisses! Des fesses! Si j'étais un homme... Si je n'étais pas sa mère... mais ça fait trop de conditions...

— J'y vais! décida Beaujol.

Camadule ne le rattrapa que sur la troisième marche de l'escalier :

— Pas question!

— Pourquoi, pas question? Beaujol, toujours volontaire pour monter à l'assaut. On en a violé à la pelle, de la fatma, en Algérie! Elles en redemandaient. Forcément, des Français! C'est plus coté que le crouille, dans la mignardise. Les légionnaires, y crachaient même pas sur la grand-mère. Les paras, eux, y se farcissaient tout ce qui bougeait. Mais c'étaient des paras! Pour dire vrai, sûr qu'on travaillait pas des masses dans la fleur bleue...

— Redescends! J'ai une idée. Prunelle, on va se la jouer au 4.21.

— C'est plus juste, acquiesça Debedeux.

— C'est déjà plus normal, admit Poulouc.

Beaujol revint à eux de bonne grâce :

— Oh! moi, je tiens pas spécialement à l'étrenne! Pourvu que ça se fasse!

Il consola doucement madame Lafrezique :

— Pleurez plus, Germaine. On va vous la sabrer en beauté, votre petite mignonne. On est des caressants.

Camadule installa la piste sur la table, convia ses compagnons à prendre place :

— A propos de caresses, elle doit avoir un sacré

retard, Prunelle. On sera pas trop de quatre. On va établir un roulement.

Poulouc ricana :

— C'est drôle, Adrien! Avant que Germaine parle des seins de sa fille, y avait que moi qui devais être de corvée. Maintenant, voilà qu'on me chicane sur la priorité.

La bonne foi n'étouffait pas Camadule :

— T'as montré de la mauvaise volonté! Si t'avais pas hésité comme un lâche, on en serait pas au dévouement collectif!

A son tour, Debedeux exposa, convaincant :

— Poulouc, mon pote, j'ai réfléchi, et la réflexion me dicte mon devoir. Tu sais combien j'ai pu être emmerdé par les bonnes femmes, martyrisé, déchiqueté par ces hyènes! Mais c'étaient des bonnes femmes normales, équilibrées, paraît, donc mathématiquement atroces, goulues, succubes, vampires, pompeuses de monnaie, suceuses de sang. Si Prunelle n'est pas normale, elle ne peut être que charmante. C'est peut-être la femme de ma vie. De notre vie à tous. Surtout qu'elle a l'avantage, considérable pour un homme, de pas quitter sa chambre!

Les geignements inarticulés reprirent, à l'étage.

— Dépêchez-vous, sans vous commander, pria Lafrezique aux abois.

— On y va, répondit Camadule. On va te la soulager incessamment, l'humanité souffrante. Règle du jeu, messieurs! Le premier qui perd ses deux manches, il décroche le berlingue. Le deuxième le remplacera, et ainsi de suite. Allez, ça roule!

Les dés étaient jetés. Revigorée par la détermination du quatuor, Germaine lui apporta quelques boissons qui ne pouvaient que l'ancrer dans sa fermeté.

— C'est vrai, gronda Debedeux, que tu sors un peu trop d'as en ce moment, Poulouc. Faudrait voir à ne pas te défiler devant tes responsabilités. J'exige que tu joues avec un cornet.

— Moi aussi, l'appuya Camadule. Les manipulateurs, c'est pas très propre.

Malgré ses protestations — machinales — d'innocence, Poulouc dut s'incliner et balancer ses dés par l'entremise du cornet de cuir. Il perdit une manche, Debedeux également, puis Beaujol. Le sort n'allait plus tarder à trancher celui de Prunelle. Les Lafrezique suivaient avec passion le déroulement de la partie, anxieux de savoir qui serait le premier de tous leurs gendres. Les roucoulements de leur fille redoublèrent de raucité, d'intensité. Le hasard désigna enfin l'officiant en la personne de Poulouc. Germaine en fut heureuse. Prunelle méritait de devenir femme entre les bras d'un adolescent. Poulouc, fataliste, ne rouspéta que pour la forme :

— Vous êtes content, hein ? Fallait vraiment que ce soit le mousse, pas quelqu'un d'autre !

— Pas de commentaires, fit Camadule. C'est la loi du sport. Tâche à présent de te comporter en gentleman.

Germaine émue recommanda :

— Je t'en prie, Poulouc. Sois très délicat, très affectueux. Ne lui fais pas trop peur.

— J'essaierai, mais j'ai pas l'habitude des gonzesses, moi. Encore moins des pucelles.

— Commence par jouer aux billes avec elle,

178

pour l'apprivoiser. Et puis embrasse-la, et puis zut, j'ai encore moins l'habitude que toi, débrouille-toi!

Debedeux conseilla :

— Rends-la pas plus marteau qu'elle est. Fais pas comme les psychiatres. Dis-lui que ton oiseau, c'est un oiseau, et qu'il va lui faire « cui cui »!

— Cui! cui! soupira Poulouc en s'engageant dans l'escalier. Tous suspendirent leur souffle. La porte claqua, là-haut, les vagissements cessèrent, et Germaine exécuta un triple signe de croix.

— Faut être confiants, exposa Camadule. Poulouc, c'est pas un cannibale.

— Oui, peut-être, balança Debedeux, mais c'est sûrement pas sa mère au point de vue technique érotique. Au fait, Germaine, elle parle, Prunelle?

— Bien sûr, qu'elle parle. Une handicapée mentale, ça se connaît qu'à des détails, comme les billes, ou qu'elle rigole toute la journée. Des fois, aussi, elle se cache dans l'armoire, ou sous la descente de lit.

— C'est mineur.

— N'est-ce pas, Camadule?

— Sûr! Pourquoi que vous la laissez pas se balader dans le bistrot? Personne y fera attention, au bout de deux ou trois jours, à ses petits troubles.

— Non, ça perturberait quand même. Les trois quarts du temps, elle est toute nue dans sa chambre. Son handicap, c'est pas qu'il ferait une grosse cote à Longchamp, mais il existe. Elle était pas malheureuse, jusqu'à cette nuit.

Elle se rongeait les ongles, auprès de son enfant par la pensée :

— J'aurais dû monter lui tenir la main...

— Ça aurait peut-être gêné Poulouc? supposa

Debedeux en grattant du doigt dans une jardinière emplie de terre.

Il ajouta, pour Beaujol :

— C'est pour aérer les racines. L'herbe, ça a besoin d'air. Faudra qu'on la bine, devant chez nous.

Distraite de ses craintes maternelles par les cultures de Debedeux, Germaine l'interrogea :

— Qu'est-ce que c'est donc, cette herbe ?

— C'est de l'herbe.

— C'est pas un nom de plante.

— L'herbe, Germaine, c'est de la marijuana.

— Et ça sert à quoi ? C'est pour les grillades, comme les herbes de Provence ?

— Point, chère Germaine, point du tout. Ça ne sert à rien, ça se fume. C'est pas fameux, mais ça emmerde les parents, ça enrage les papas qui en sont restés aux Gauloises. Ça fait que les jeunots fument ça, y trouvent même ça plus salubre que le Beaujolais, ce qui prouve que de temps en temps y a des générations qui ne manquent pas d'air, Poulouc étant l'exception qui confirme la règle. Ajoutez à ça que l'herbe, c'est le ray-grass de l'extrême gauche, le gazon marxiste, la pelouse chinetoque ! Au lycée Papillon, on tire sur le joint, et la révolution s'étale au tableau noir, et les petits-bourgeois voient rouge, prêts à pendre les grands. C'est sans danger. Passé l'âge, on devient pharmacien. On était Guevara, on se recycle Homais. On mourait pour le Chili, on vieillira à Romorantin. On défilait pour l'immigré, Juanita, vous me nettoierez un peu mieux les W.-C. On conchiait l'ascendance, on aura deux enfants bien peignés qui ne parleront pas à table. Il y a temps pour tout : à vingt ans, c'est la lutte des classes, à quarante, c'est le strip-tease.

Germaine n'entendait rien à la politique, n'avait vu de Saint-Michel que le Mont, jamais les barricades :

— Mais pourquoi que vous plantez ça, Debedeux, si vous ne fumez pas ?

— Parce que mon lumbago va pas durer toute la vie comme le chagrin d'amour. Je sanglote à la « Bang-Bang Aéronautique » pour qu'on me reprenne, on veut rien savoir, on me rejette à ma cruelle oisiveté, mais ça craquera bien un jour. Ce jour-là, je serai content de m'être mis au commerce des simples ! Ça se vend, l'herbe, et mieux que le persil. Si j'en fais pousser ici même, c'est pour surveiller plus commodément la croissance et la floraison. Plus tard, je m'agrandirai. J'en sèmerai partout, dans les potagers, les voies ferrées, les terrains de foot, les forêts domaniales...

Un cri strident retentit au premier, déchirant l'âme de Germaine. Camadule retint la patronne, qui se ruait déjà au secours de sa fille :

— Bougez pas, Germaine. Ça veut dire que tout est consommé. Qu'*Ite missa est*. Que Prunelle est faite femme.

— Vous croyez ?

— Ce cri me revient de la nuit des temps. Berthe, ma pauvre épouse, me l'a poussé à l'époque de la Libération de Paris. Debedeux ! Beaujol ! Faut finir la partie, qu'on sache l'ordre des investissements de la chambre nuptiale.

Les dés sacrèrent Captain Beaujol numéro deux. Debedeux le suivait, Camadule fermerait la marche. Germaine, les yeux au plafond, s'inquiétait encore :

— Vous voyez pas qu'elle tombe enceinte? Ça n'arrive quand même qu'en faisant ça, pas en jouant aux billes.

— La société est bien faite, déclara Debedeux. Quand un cadre se rétame dans un escalier, c'est parce qu'il a le droit de se casser la gueule dans un escalier. Quand une débile s'envoie en l'air, pour pas qu'elle enrichisse le pays d'un gazier qui paiera pas d'impôts, elle a droit à l'avortement thérapeutique. Tout est prévu, Germaine : on a tous les droits, tous, sauf celui de l'ouvrir. Le fonctionnaire nous prend en charge à la naissance, nous sort un sein de ses bretelles, nous injecte le bon lolo civilisé, occidental, syndicaliste, à moins que ça ne soit la tournée du patron. On n'avait pas envisagé que, quand on serait grand, on serait nourrisson. L'État y a pensé pour nous, qui a peur des adultes.

— Cause pas tant, observa Camadule. Ça va être le tour de Beaujol. Concentre-toi, Captain. La fesse, c'est plus sérieux que l'armée, moins fantaisiste que l'administration.

Poulouc redescendit peu après, guilleret. Il devança les questions fiévreuses de Germaine :

— Vous bilez pas, belle-maman. Ça a très bien marché. Elle voulait même recommencer tout de suite, preuve qu'il y a des mystères qu'elle comprend pas encore tout à fait. A part ça, pas enquiquineuse, pas chichiteuse comme la nana ordinaire. Ça la chatouille, et elle se marre, elle couine pas que ça la décoiffe. Ça réconcilie avec le plumard. On quitte le drame. On joue aux billes, nous aussi. Ça détend!

— Merci, Poulouc, merci! fit Germaine enthousiaste en l'embrassant sur les deux joues.

— Elle griffe pas? demanda Beaujol.

Poulouc balaya cette ultime réticence :

— Du tout. Elle a seulement un léger tic : elle fait des grimaces rigolotes en permanence, mais ça la rend vivante. On n'y fait plus attention au bout de cinq minutes. Comme elle m'appelle « tonton », je lui ai dit qu'elle en avait quatre, des tontons, et que le deuxième allait venir tout de suite.

Beaujol avala un double calva pour se donner du jarret, cria « Commando, go! » et se rua au pas de chasseur dans l'escalier.

— Vous êtes chics, tous, balbutia Germaine que bouleversait le quadruple bonheur de son enfant. Qu'est-ce qu'on aurait fait sans vous, pas vrai, Gaston?

De plus en plus enflé, gonflé, boursouflé par l'abus des anabolisants, le patron du Café du Pauvre approuva :

— Ça, c'est des amis! J'oublierai jamais, et surtout pas de vous renvoyer l'ascenseur sur le zinc!

Camadule fut noble :

— C'est la moindre des choses qu'on se tape Prunelle. Pas question de reconnaissance entre nous. A la longue, sans la fillette, on aurait peut-être eu des problèmes sexuels. Le saucisson à l'ail et le picrate, ça empêche pas la vague érotique de déferler par traîtrise sur le sybarite.

— Pourvu, reconnut Debedeux, que les rapports sexuels ne soient pas entachés d'embrouilles psychologiques plus ou moins teintées d'agressivité, j'estime qu'ils sont nécessaires à l'équilibre du métabolisme basal. Hélas, les conditions particulières de ces relations euphoriques sont rarement réunies en une seule partenaire. D'après Poulouc, Prunelle serait ce sujet d'élite, cette anomalie sans précédent dans l'univers pénitentiaire où nous plonge la femme. J'ai hâte de visiter ce phénomène.

L'heure H de la cure de maman Turlutte sonna, et la concierge du 8 fit sa rituelle et majestueuse apparition. Le Sauvignon seul pouvait lui enlever tout ou partie de sa dignité et chavirer son port de reine. Il y parvenait, bon an mal an, quotidiennement.

Germaine la mit au courant de l'opération polyandrique en cours. La concierge la congratula :

— Prunelle a bien de la chance, d'avoir été déflorée par un gracieux tel que le petit Poulouc. Mon hymen à moi, ce rudimentaire, ce véhément de père Turlutte me l'a fait sauvagement sauter comme un bouchon de champagne. Enfin, n'en parlons plus, il y a prescription...

Elle se rembrunit tout à coup. Elle venait de saisir que Camadule allait se livrer sans tarder, sous ce toit familier, aux plaisirs sordides de la fornication en compagnie d'une jeunesse. Elle en blêmit sous la pâte feuilletée de sa poudre de riz. Elle se tourna, plus amère que la gentiane, vers le brocanteur :

— Vous aussi, Adrien ?

— Quoi, moi aussi, ma chère Conception ?

— Vous allez sauter Prunelle ?

— Mon Dieu... Mais ne craignez rien, dans mon cas, il ne s'agit pas d'un pucelage.

— Vous avez cinquante-cinq ans, Adrien. Vous risquez un accident cardio-vasculaire en grimpant une toute jeune femme, inexpérimentée sans doute, mais peut-être volcanique et foudroyante. A votre place, j'aurais des amours davantage en harmonie avec mon âge.

— J'estime ne pas avoir déjà celui de me taper des dames frappées d'alignement, ma chère Conception.

La chère Conception trouva un goût amer, de ciguë cette fois, à son premier blanc, le goût même de ses sentiments piétinés. Surmontant son immense peine, elle reprit, spartiate, en dame mûrie au soleil éclatant des épreuves :

— Je disais cela uniquement en vue de votre santé, Adrien. Hormis ce menu détail, j'approuve cet essai de communauté sexuelle. Il faut vivre avec son époque. La libéralisation des mœurs, je suis pour, moi! Question fœtus, j'étais pionnière! A l'avant-garde de la contraception! Je suis restée très jeune d'esprit. *Up to date*, d'après les Anglais. Le printemps vient, il est possible que j'ouvre les portes de ma petite maison de Lozère à une expérience communautaire.

Debedeux parut intéressé :

— Vous avez une maison en Lozère, maman Turlutte?

— C'est un héritage de mes pauvres parents. J'y vais parfois boire de l'oxygène à longs traits. Je cours dans les champs, pareille à une cavale enivrée de lumière et d'azur. Si vous voulez mon avis, il n'y a rien de plus rustique que la campagne.

Debedeux, déraisonnable, s'excitait devant des perspectives agrestes qui ne lui avaient jusque-là jamais effleuré l'âme :

— Il y a des oiseaux?

185

— Par milliers.

— Des rivières?

— A truites!

— Des paysans?

— Quelques-uns. Ils ne sont pas encore tous enfermés dans les usines. Ceux qui restent sont d'authentiques barbares pétris par les intempéries venues des horizons désertiques. Affamés de Parisiennes, entre parenthèses. Des taureaux de combat. Fouillant la vacancière comme ils remuent la glèbe.

Debedeux soupira :

— La ville m'anémie, maman Turlutte. Je m'étiole. J'aurais bon besoin de quelques mois de nature.

— Tu vas pas jouer les zozos du groupe Saint-Georges? lança Camadule sourcilleux.

— Ils ont pas le monopole de l'air pur. Ils l'ont pas plus inventé que la poudre. Moi aussi, je boirais bien de l'oxygène à longs traits!

— Je préfère le Beaujolpif, gronda Camadule.

— C'est pas incompatible, on peut en emporter.

— Et le Café du Pauvre, tu l'emporteras avec?

— Il va pas bouger de place! Si on part, c'est quand même pour rentrer un jour!

Camadule horrifié bredouilla :

— Qui c'est, « on »?

— Beaujol viendra sûrement avec moi.

— Et moi? Et Poulouc? Qu'est-ce que tu en fais?

— Vous suivez, si maman Turlutte est d'accord pour nous prêter sa bergerie.

Maman Turlutte battit des mains, mutine :

— Quelle adorable idée! Vous couperez du bois,

je ferai la cuisine! Du copieux, du grossier, de la potée de laboureurs!

Debedeux demeura coi, qui n'avait pas, à sa connaissance, lancé à la concierge d'invitation au voyage. Camadule boudait, rognait, grognait :

— Tu es fondu, Debedeux! On te cause cambrousse une seconde, et tu t'enflammes comme une meule de paille!

— J'en ai envie...

— Tu es un gamin! Tu as déjà pris l'avion?

— Évidemment. Cent fois, deux cents fois...

— Je m'en doutais. Tu es un aventurier, toi. Tu peux tout risquer. Je suis vioque, moi, maman Turlutte me l'a pas envoyé dire. Tu vas pas m'éjecter de mes pantoufles à mon âge. J'en suis pas sorti depuis 1940! Trente-cinq piges que j'ai pas bougé de Villeneuve! Ça serait pas humain de m'exiler dans des départements qui sont même pas sur la carte tellement qu'ils sont oubliés des bistrots et des hommes!

Le désespoir de Camadule n'ébranla pas un Debedeux subitement en proie au démon millénaire des migrations, un Debedeux charrié par l'aquilon des transhumances et qui grommela entre ses dents :

— On t'enverra des cartes postales, Camadule.

Le brocanteur éperdu apostropha Poulouc, qui, depuis son retour de la chambre de Prunelle, rêvassait dans un coin de la pièce sans même un verre devant lui :

— Tu l'entends, Poulouc! Mais tu l'entends! Dis quelque chose, merde! On vogue direct vers Trafalgar!

Poulouc fit, séraphique :

— Non, Camadule, je l'ai pas entendu...

Camadule sautait sur place, déboussolé, déconnecté :

— Y a que Debedeux tombe frappadingue, englouti par les chasses d'eau, enlevé par les aspirateurs! Voilà qu'il veut se retirer des mois et des mois dans les déserts, ce paranoïaque de la verdure, ce schizophrène des hauts plateaux! Y a pas, on travaille pas impunément pendant vingt piges! Ça laisse des séquelles, ça déglingue le bulbe, ça fait virer pastis le liquide céphalorachidien!

Poulouc n'eut pas le loisir d'émettre un avis quelconque sur les errances bucoliques de Debedeux. Le Captain Beaujol s'en revenait de la revue, apparemment comblé par ses grandes manœuvres puisqu'il s'adressa sans ambages aux Lafrezique en ces termes :

— Ma chère Germaine, mon cher Gaston, j'ai bien l'honneur et l'avantage de vous demander, sans autre forme de procès, la main de mademoiselle votre fille.

Ce délire flambant neuf créa une diversion, et les assistants oublièrent momentanément Lozère, chaumes, bocages et merles moqueurs. Germaine en zézaya :

— Tu... tu veux te marier avec Prunelle?...

Beaujol se dandinait, bravache :

— Parfaitement! C'est la femme de ma vie, cette gosse. Deux fois, qu'on vient de s'exploser au septième ciel! Elle a le don. Elle m'aime et je l'aime, ça serait une ignominie que de rompre ce lien noué par Dieu dans un de ses moments de lucidité!

Gaston, remis de sa stupeur, rougit, verdit, noircit :

— Tais-toi, fleur d'andouille, ou je te flanque à la porte! L'escalade dans la connerie, assez! Suffit! On a tout ce qu'il faut dans la crémerie!

Froissé, Beaujol se roidit :

— T'aurais comme des objections, Gaston?

Lafrezique étreignit une bouteille, menaçant :

— Enlevez-le vite de là, cet abruti qui me flanque du 25-26 de tension, ou je recouvre de sciure cette crotte de chat! Je l'enterre vivant dans la cave!

Beaujol soupçonna que le patron du Café du Pauvre ne repoussait que par extrême modestie la gloire de devenir son beau-père. Il insista :

— Tu comprends pas. Je ne veux pas en faire ma maîtresse. Je veux qu'on passe devant monsieur le maire. La bague au doigt! La corde au cou!

Germaine maîtrisa son mari qui tournait carrément cheddite, tenta de raisonner Beaujol :

— Arrête, Captain! Tu peux pas épouser Prunelle.

— Et pourquoi? J'ai du bien. J'ai une bonne pension, je ne sais plus combien de paires de draps.

— Il n'est pas question de ça. Personne peut épouser Prunelle. Ni toi ni un autre.

Camadule, allant d'un biscornu à un extravagant, parla à Beaujol avec une douceur exagérée :

— Allons, mon vieux Beaujol, calme-toi, renonce à cette idée que, personnellement, je trouve charmante. Prunelle t'aime, j'en suis sûr, mais elle ne peut pas être ta compagne. Elle a besoin de sa maman.

— Je serai aussi sa maman, pleurnicha Beaujol.

— Et le handicap mental?

— Je m'en fous. Debedeux a raison, elle est pas plus sinoque que les bonnes femmes que j'ai connues. Plutôt moins.

— Insiste pas, mon pote. Vagabonde pas dans l'impossible, ou Gaston t'interdira de remettre les pieds ici, c'est tout ce que tu vas y gagner.

La pointe acérée de cette épée de Damoclès refroidit les transports de Beaujol, qui murmura, le cœur fêlé :

— Vous êtes que des briseurs de rêves, tous. Des monstres indifférents à la beauté. On voit que vous n'avez jamais aimé. Elle aurait été heureuse avec moi. Je lui aurais acheté des billes, des montagnes de billes. On aurait marché sur les billes, dans notre maison! On aurait fait l'amour du matin au soir! A la française!

— Tu pourras toujours le faire, le consola Germaine, mais ici.

Beaujol se mordit un poing, histoire d'étaler en public la force de ses sentiments :

— C'est pas pareil. Elle s'y voyait déjà, au bord de la Marne, avec une machine à laver et un intérieur moderne. On a causé. Elle s'en remettra jamais, jamais!

En haut, sa promise le contredit en tapant des talons et en reprenant le cours de ses lamentations impures.

— Elle est déjà remise, on dirait, constata Camadule goguenard avant d'interpeller Debedeux : Ho! le bouseux! C'est à toi! Va moissonner Prunelle, tu faucheras ta Lozère plus tard!

Debedeux, dans l'escalier, se retourna sur Camadule :

— Plaisante pas avec les impulsions irrésistibles, Adrien. La culture de l'herbe, ça m'a ramené à la terre, aux grands espaces. Sitôt que je l'aurai récoltée, j'y file, en Lozère. Pour Pâques! Tout seul! Et je reviendrai bronzé! A la rigueur, s'il vase, tanné par les embruns!

La porte de la chambre de Prunelle claqua derechef et, de nouveau, les vagissements cessèrent pour saluer le troisième « tonton ».

Captain Beaujol fit, alarmé :

— Qu'est-ce qu'il cause de Lozère? Il part en voyage, Debedeux?

Camadule l'affranchit à son tour des regrettables divagations de leur ami. Il admonesta maman Turlutte par la même occasion :

— C'est de votre faute, aussi! On n'asticote pas les maniaques!

— Un maniaque, Debedeux? gronda le chien de garde Beaujol.

— Parfaitement! Conditionné par l'usage abusif de l'oxygène, qu'il est! De par sa formation sociale, il a des tares! C'est un ancien membre du Club Méditerranée, comme tous les cadres. Des condamnés au pédalo! Des forçats du ciel bleu! Je m'en doutais, qu'un jour il repiquerait un coup de soleil! Maman Turlutte lui a déclenché une crise, avec sa saloperie de Lozère. Je vous en foutrai, moi, vieux tromblon, des communautés sexuelles! Au bout de mes pantoufles, oui, vieille sorcière!

Pincée, maman Turlutte abrégea sur-le-champ sa cure, s'expédia la moitié de son blanc sur son châle mauve et partit sans un mot.

— Elle est fâchée... regretta Germaine.

— On la reverra bien assez tôt, cette nom de

Dieu de fouteuse de merde! fulmina le brocanteur. Nous quatre qu'on était kif-kif les cinq doigts de la main, voilà que cette saucisse s'immisce en serpent à sonnettes dans la chaleur de nos amitiés!

Abattu, indifférent au courroux de Camadule, Captain Beaujol soliloquait :

— C'est une riche idée, la Lozère... Y a rien de tel que de changer de paysage pour guérir d'un chagrin d'amour aussi atroce que le mien. Nous autres baroudeurs, un jour ici, un jour ailleurs, on n'avait pas le temps de s'accrocher à un sourire et d'en mourir de langueur. Et puis, je peux pas vivre sans Debedeux. C'est à la fois mon Bigeard et mon Massu à moi, Debedeux...

Poulouc l'approuva :

— Ça serait difficile d'en faire abstraction, maintenant, de Debedeux. Si vous vous tirez en Lozère, j'embarque mes toiles et je vous file le train.

Il questionna innocemment :

— Et toi, Camadule?

Camadule mesura l'étendue du désastre et de la contagion, battit des ailes, désemparé :

— Moi... moi... je suis pas un oisif comme vous trois... J'ai un commerce à tenir... des chalands à recevoir...

— Alors, reste, dit Poulouc, toujours tranquille. Debedeux a pas tort, ça nous fera pas de mal, à nous autres, d'être un peu au large des marteaux-piqueurs et des goulées de panaché plomb-mercure. Prunelle, tu t'en occuperas tout seul. Au besoin, Bricolo, Ballamolles et Travadja te donneront un coup de main.

Beaujol surenchérissait :

— Et puis, là-bas, pas de bougnoules pour nous

192

humilier. Rien que du Français de vieille souche, du coq gaulois ou du poilu sur tous les monuments aux morts. Où que tu vas, Adrien?

Camadule était sorti, ulcéré. Ils le virent s'engouffrer dans sa boutique pour y ruminer sa fureur. Poulouc haussa les épaules :

— Il reviendra. Comme maman Turlutte. Ils sont bien pointilleux, aujourd'hui. Tout ça parce qu'on cause de grand air...

— Le grand air, y a rien au-dessus, jubila Beaujol. Prends le raisin! Ça pousse pas dans les cheminées d'usine!

Debedeux les rejoignit, le sourire aux lèvres :

— Nettement supérieur, le sujet, à la secrétaire ordinaire. Spontané. Désintéressé. La femme à son origine, quoi, avant que l'homme descende du singe pour tomber chèvre! A ton tour, Adrien!

— Il s'est barré, rapport à la Lozère, expliqua Poulouc.

Debedeux se ferma :

— Lozère ou pas, Prunelle attend son quatrième tonton. C'est de la désertion. Elle va pas tarder à s'agiter, là-haut. Il nous les pèle, ce rat des villes!

Captain Beaujol se dressa, resserra son ceinturon :

— Compris, on rappelle les spécialistes! Pas croire que les héros sont fatigués! J'y remonte!

Ce fut ainsi, pour cause de rut, que l'amour et son grain de sel entrèrent au Café du Pauvre à la suite du Beaujolais et de la soupe à l'oignon. L'amour qui, un jour ou l'autre, reprend toujours ses billes...

CHAPITRE IX

L'obstiné Debedeux n'en démordit pas, de « sa putain de Lozère de merde », Camadule *dixit*.

Envahissant en permanence la loge de maman Turlutte, il se fit raconter à plus soif les prairies, les moutons, les dindons, les choux, les cailloux, les hiboux de sa campagne. Tombé en flammes de l'aéronautique au plancher des vaches, il trayait celles-ci, fabriquait des fromages, tondait les brebis, gardait les troupeaux avec toute la furie des prosélytes.

— C'est l'avenir, prêchait-il au Café du Pauvre, le retour à la terre ! Pétain avait raison ! C'est pas pour Douaumont qu'on devrait l'embarquer, ce qu'il mérite, c'est une cour de ferme, avec des oies et des pintades au garde-à-vous ! Faut qu'on les abandonne à leur mort lente, les gazés des cités Folâtre, des tours Espiègle, des résidences Guili-Guili ! A nous les bols de lait crémeux !

Il apprenait à jouer du pipeau dans la perspective de son exemplaire carrière de pâtre, s'était acheté des sabots qui s'harmonisaient mal avec ses costumes. Captain Beaujol, dûment catéchisé, suivait le berger Debedeux dans sa démence buissonnière, en remettait sur le rural, chargeait sur le hameau. Poulouc, las de ses « Nénettes à loilpé », ne rêvait plus que de barbouiller des kilomètres d'Angélus de Millet.

Camadule, crucifié, atone, assistait impuissant à ces reconversions, subissait l'hallucination collective qui se développait tout autour des bouteilles. Sommés d'aller tenir une auberge rouge au pays de maman Turlutte, les Lafrezique s'étaient poliment récusés. L'air, là-bas, était trop vif pour les bronches éculées de Gaston. Quant à Germaine, elle préférait sans vergogne aux causses et autres guérets sa sombre rue Maurice-Thorez, au grand dam de Debedeux qui discourait alors de la dégénérescence du villageois déraciné jeté dans les milieux urbains où se développe l'ivrognerie.

Une fois l'herbe récoltée, étalée, pour qu'elle y sèche, sur tous les linoléums du Captain Beaujol, Debedeux donna le signal du départ. Camadule avait jusqu'au bout espéré que l'aventure demeurerait purement littéraire, s'embourberait dans les conversations fuligineuses, n'irait pas jusqu'au plein d'essence de la D.S...

Mis au pied de ce mur hérissé de tessons, il flancha, céda à l'appel de ce funeste large qui avait si vite enivré ses compagnons. Il n'avait pas le choix, se refusait à boire avec en face de lui le seul Chanfrenier pour tout potage. Debedeux avait promis qu'ils rentreraient aux feuilles mortes. La mère Spécial remplacerait maman Turlutte dans sa loge, une maman Turlutte aux anges — elle en avait fait quelques-uns... — de vivre enfin à l'état matriarcal aux côtés de quatre hommes.

Effets personnels et casiers de vin bondèrent le

coffre de la voiture qui, par une aube d'avril, cingla vers l'inconnu sous la houlette de Debedeux. Maman Turlutte, coiffée d'un chapeau de paille sur le toit duquel s'entrechoquaient des cerises de celluloïd, trônait auprès du conducteur. A l'arrière, Beaujol et Poulouc encadraient un Camadule qu'écroulait tant d'imprévu.

La veille, les quatre tontons avaient honoré une dernière fois Prunelle, sans lui avouer qu'elle ne les reverrait pas de si tôt. Ils l'eussent emportée, miséricordieux, sans le veto formel de Germaine.

La gentilhommière de maman Turlutte se situait aux environs de Mende. « On y sera ce soir ! », avait décrété Debedeux en appuyant sur l'accélérateur.

Ils y furent.

Le coucher du soleil les attendait à la porte de la maison, demeure sauvage perdue à la lisière d'un bois, à une lieue du plus proche village. Ce n'était pas très gai, et Camadule eut le mauvais goût de le remarquer à voix haute, déjà frissonnant si loin de sa boutique.

— Je te croyais plus réceptif aux merveilles de la nature, Adrien, reprocha Debedeux. La fausse gaieté des villes illuminées ne peut évidemment se comparer à l'âpreté de ce coucher de soleil baignant les vieilles pierres solitaires. Ne joue pas les persifleurs, ne va pas nous gâcher l'oxygène ambiant !

— Il sent le moisi, ton oxygène, grommela Camadule dès que maman Turlutte leur eut fait les honneurs de son intérieur délabré, gévaudanesque à souhait.

— Après une flambée dans la cheminée, il n'y

paraîtra plus, assura la concierge transplantée en site grandiose.

A l'instar de Jeanne d'Arc, Beaujol et Poulouc se rendirent au bûcher d'un cœur léger, en revinrent avec du bois.

— Fantastique, jubila Debedeux en s'asseyant au coin de l'âtre dès que le feu y crépita. C'est la vraie vie, les amis! L'authentique à l'écart des miasmes et des passions des cités tentaculaires!

— Ça me rappelle la guerre, approuva Beaujol, les campements, moi, ça me rajeunit. Manque seul le glissement vipérin sur le sol de ces pourris de viets ou de fellouzes prêts à nous égorger.

— Ne nous faites pas peur, Captain, gloussa maman Turlutte qui battait déjà les œufs de l'omelette champêtre pendant qu'en désespoir de cause Camadule débouchait des bouteilles pour y retrouver le parfum de son Café du Pauvre, dont sept cents kilomètres de cauchemar le séparaient.

Poulouc à la fenêtre contemplait une nuit noire de charbon, sans une étoile, et soutenait avec aplomb que c'était beau. Des souris trottinaient au grenier, sinon dans les chambres. Actif, Debedeux, son Opinel tout neuf en main, se taillait une canne dans une branche. Demain, il s'élancerait, faune ébloui, dans les champs parsemés de fleurettes, verrait les charrues avant les bœufs, ou vice versa...

Ils mangèrent en silence pour imiter les paysans farouches. Ils burent plus bruyamment pour casser ce silence qui toujours revenait planer sur les tuiles comme à dos de fantômes.

Maman Turlutte, au sortir de cette veillée typiquement XIXᵉ siècle, entonna *la Chanson des blés d'or,* tenta de violer Camadule au nom des mœurs rustiques en usage dans la province.

— Prenez votre bergère, Adrien, bégayait-elle, prenez-la à la façon des bêtes, jetez-moi sur la paille, le foin, l'herbe, la boue ou le fumier! Besognez-moi grossièrement! Malmenez-moi, pétrissez-moi de vos grosses mains calleuses! Ensemencez mes terres arables!

Camadule se débattait :

— Vous êtes givrée, maman Turlutte! C'est pas la saison des labours! Faites-moi castrer votre greffier, je pâture pas dans ce genre d'hectares!

Il fallut coucher la propriétaire des lieux, qui réclamait à tue-tête tous les corps de métier de l'agriculture, du porcher au moissonneur.

— Un analphabète, beuglait-elle, qu'on me donne un analphabète! Un dieu Pan! Un navet! Un cultivateur! Un bélier!

Elle se tut enfin, puis ronfla en moteur de batteuse.

— Je m'en gourais! fit Camadule épuisé, hors de lui. La Lozère, c'était qu'un prétexte à libido, pour ce vieux fourneau. Un guet-apens au rossignol et à la claire fontaine! M'y voilà, coincé entre la chaumine et la pastourelle! Fait comme un rat! T'as pas de quoi te marrer, Debedeux. Tu vas être la cause d'un paquet de malheurs!

On le calma en vidant une dernière paire de litres en guise d'infusion. Puis ils se mirent au lit, édredons rouges et pots de chambre à l'appui.

— Demain, il fera jour, s'extasia Debedeux. On se promènera dans le pays, on ramassera des champignons, des pissenlits, des fraises des bois...

Le lendemain, il plut comme il ne pleut pas en

198

ville, et les intempéries mirent à bas l'idyllique programme de Debedeux. La brume flottait sur la campagne, et le panorama vanté par maman Turlutte demeura camouflé derrière d'épaisses tentures.

Trompé par les lentisques qui recouvraient une mare, Beaujol, qui avait tenté une sortie, y chut jusqu'au calot. On le mit à sécher près de la cheminée, enveloppé d'une couverture. Debedeux, en fignolant sa canne de coureur de grands chemins, se coupa méchamment au pouce. Poulouc, dans le grenier transformé en atelier, brossa un « remake » des *Glaneuses* si atterrant qu'il le balança de son propre chef dans le feu. Pour échapper à la danse concentrique et salace qu'exécutait autour de sa personne la mygale maman Turlutte, Camadule se réfugia dans une ivrognerie muette qui ne laissait aucune chance de bonheur érotique à la séductrice. Poulouc le rejoignit rapidement dans sa reconstitution approximative du Café du Pauvre.

— Vous pétez pas, protestait Debedeux la main emmaillotée, vous profitez pas de la campagne, vous vous frelatez l'oxygène !

Camadule devenait grossier :

— Ta gueule, responsable ! Ta mythomanie galopante nous a plongés tout droit dans le purin !

— C'est pas ma faute s'il tombe des hallebardes, quand même !

— Si !

— T'étais pas forcé de nous suivre !

— Si ! Les potes, c'est sacré, chez moi. Même s'ils font des caprices de lulu à cheval sur une balançoire à Mickey !

Le soir, ils jouèrent à la belote en écoutant la pluie battre comme plâtre les volets.

Le lendemain et le surlendemain, il plut, non pas à seaux, mais à pleines lessiveuses. Ses moqueries, ses aigreurs, ses ricanements, Camadule les ravala tout net lorsqu'il extirpa, du dernier casier, la dernière bouteille de vin. Il sonna l'alerte :

— On va souffrir du manque, les mecs ! Au feu ! Au secours ! Y en a qui picolent possédés du démon, hystériques du litron, dans ce buron ! Si nous n'avons plus de jaja, pendons-nous à la poutre maîtresse !

— Faut lancer une patrouille, ordonna Captain Beaujol, attaquer au bazooka une épicerie, s'il y en a une !

Vieux sacs à pommes de terre sur le dos pour se protéger des lames de fond célestes, les membres de la communauté s'empilèrent dans la voiture, qui fit cap sur la bourgade.

L'épicerie, riche en boules de gomme, en boîtes de petits pois, en coton à repriser, ne recelait en ses flancs aucune bouteille de Beaujolais-Village.

— Ça ne se vend pas, ici, expliqua la vieillerie vêtue de coutil noir qui tenait cet affligeant commerce, on boit que de l'ordinaire, dans la région. Et du mousseux pour les baptêmes.

— Ça m'étonne pas, maugréa Camadule. Dire qu'on envoie des missionnaires chez les négros : on ferait mieux de les expédier dans le secteur !

Ils raflèrent malgré tout le stock de conserves et de gros rouge, coururent ensuite s'abriter dans l'unique café de la commune. On leur servit le vin piqué dont se délectaient, à la table voisine, deux croquants verdâtres jaillis de *La Mare au diable* et fringués à la mode de *Diloy le chemineau.*

— Ça doit être de la bouillie bordelaise, supposa Poulouc en reniflant son verre.

— Ça se boit, insinua Debedeux timidement.

— Vaudrait mieux pas, conseilla, paternel, Camadule. Regarde les trous que ça fait dans la toile cirée.

Maman Turlutte, frisettes et bigoudis entassés dans un bonnet de plastique rose, interrogea, très suave, les consommateurs locaux :

— Dites-moi, mes braves, à votre avis, le temps va-t-il se mettre au beau ?

Le plus bestial mâchonna :

— Fait pas ben mauvais... C'est bon pour la terre, quèques gouttes...

L'autre siffla, entre ses moustaches violines et ses chicots de suie :

— C'est le vent de nord-est. Ça va pas durer, faut pas croire. Demain, ça fera soleil.

— Vous voyez! triompha un Debedeux dont le prestige était quotidiennement remis en question depuis leur arrivée en ces lieux aquatiques.

— Je suis la dame de la Musardière, exposa maman Turlutte aux indigènes. Vous savez, le cottage près du bois des Vesces de Loup.

— J'y vois. Vous êtes voisine avec Amadouvier. Un bon gars, Agaric. Franc du collier.

— On lui rendra visite demain, s'empressa Debedeux. Et en short!

Le lendemain, il plut beaucoup. Le surlendemain, il plut un peu moins. Un jour enfin, la pluie cessa, le soleil investit le repaire détrempé des banlieusards, et Debedeux put enfin enfiler son short, relique du Club Méditerranée, étrenné naguère aux Baléares, voué présentement aux durs travaux des champs.

Maman Turlutte coiffa son chapeau de paille grelottant de cerises, apparut aux yeux incrédules de ses hôtes boudinée dans une robe de cacatoès un tiers espagnole, un tiers russe et un tiers afghane. On admira le panorama promis. Debedeux se gorgea d'oxygène, maman Turlutte confectionna des bouquets de fleurs des champs, les trois autres firent, plusieurs fois, mains dans les poches, le tour de la propriété. Camadule, désagréable, assura qu'il n'aimait pas le soleil sauf, pour des raisons œnologiques, sur la vallée de la Saône. Ailleurs, cet astre lui donnait des migraines.

— T'aimes rien, observa Poulouc en bâillant.

— Si. J'aime ma rue et mon bistrot. Là-bas, au moins, la pluie ou le beau temps, on s'en fout. Un paysage, c'est purement sentimental.

— On est en vacances... lâcha Beaujol sans conviction. C'est quand même chouette, de ne rien faire...

— Je concède, reprit Poulouc tournant aux quatre vents de l'horizon, que c'est un peu vide, le décor. Sans aller jusqu'au défilé militaire ou au métro de six heures du soir, ils pourraient faire un effort pour meubler leurs espaces...

— Y a de quoi se flinguer, oui! grommela l'insupportable Camadule.

Une aide inattendue lui vint d'un chemin creux en la personne d'un paysan d'une quarantaine d'années, sournois, orné de sourcils noirs larges comme la main. Il se dirigea vers eux, leur fit une exhibition d'accent de terroir :

— C'est moi que j' suis Agaric Amadouvier. Le
Louis Balloche m'a causé de vous. Je me suis dit
que c'était peut-être poli d'aller vous dire bonjour...

Il leur tendit une paume assez sale et de bois.
Maman Turlutte et Debedeux vinrent saluer l'arri-
vant, qu'impressionnèrent la toilette bigarrée et le
décolleté printanier de la concierge. Il l'estima
plutôt chic de son état mais garda pour lui, le
taciturne, cette découverte de l'Amérique.

Debedeux le détaillait, ébloui, mesurait avec
chagrin tout ce qui le séparait encore d'une bête du
Gévaudan, d'un authentique représentant du
monde rural. Où se procurer un béret aussi moisi,
des vêtements pareils, usés, culottés par l'eau et le
vent, comment obtenir ces reprises rouges ou vertes
sur le bleu délavé d'une veste informe et d'un
pantalon flasque ? Sous ces habits de lumière,
maman Turlutte soupçonnait des reins de sanglier,
des poils de brosse et des simplicités physiologiques
à vous donner le vague à l'âme.

— Je ne vous connaissais pas, monsieur Amadouvier, susurra-t-elle en mignardant, voilà pourtant longtemps que je viens ici, d'abord avec défunt
mon mari et, depuis, seule... cruellement seule...

Amadouvier cracha puissamment pour s'éclaircir
la voix, qu'il avait cahoteuse et rouillée :

— On est là que depuis la Toussaint, avec le
père. J'étais métayer pas loin, on m'a cherché des
ennuis. C'est dur, la terre.

— Certes, mais quel beau métier d'homme,
discourut Debedeux. Lui arracher sa subsistance !
Tout savoir de ses flancs nourriciers ! La fouler
d'une botte pesante !...

Agaric Amadouvier le regarda, défiant, articula :

— C'est un métier de con.

Maman Turlutte fit sa sucrée :

— Ne dites pas cela, monsieur Amadouvier! Je vous sens si près de la nature, faisant corps avec elle, l'assimilant par tous les pores de votre peau...

Agaric lâcha sans détours :

— La nature, ça me fait chier. Y a pas plus con que la nature. Faut bien être de la ville pour y trouver quelque chose de beau, dans ce tas de merde!

Maman Turlutte et Debedeux, susceptibles sur la pâquerette, protestèrent :

— Amadouvier, voyons! Voyons! Vous ne pensez pas ce que vous dites. Songez au bonheur que vous avez de vivre depuis toujours parmi les arbres et les oiseaux!

Amadouvier cracha encore, haineux :

— Les oiseaux, je peux pas les blairer. Ça sert à rien qu'à vous casser les oreilles, ces putains de nom de Dieu de bestioles! Quand j'en vois un, je décroche le 12 et pan, une cartouche dans la gueule! La fauvette, moi, je la ratatine. La mésange, je la dégringole. Faut bien être de la ville pour y supporter, ces charognes!

— Vous vous faites plus méchant que vous n'êtes... s'indigna Debedeux tout pâle.

— Je suis pas méchant. C'est que la vérité vraie, que c'est tout inutile, bourrique et compagnie, dans la campagne. J'en ai par-dessus les sabots, de la campagne. La bouse, pour les Parisiens, c'est de la bouse, c'est de la nature. Pour nous, c'est de la merde.

— Vous n'avez pas soif? demanda Camadule,

204

qui avait très soif et jugeait avec indulgence ce révolté des emblavures.

— Un canon, ça se refuse pas...

Ils en burent quelques-uns, autour de la table de la grande salle. L'impitoyable Agaric jeta un œil sur la cheminée :

— Ça aussi, faut bien être de la ville, pour y faire du feu! Ça fait que de la poussière et de la fumée. On a qu'une cuisinière, avec le père, mais si je pouvais j'aurais le chauffage central.

Debedeux observa, pincé :

— Un feu de bois, c'est de la beauté...

— Ça sert à rien, la beauté, comme vous dites.

— Ça sert à l'âme...

— L'âme non plus, ça sert à rien. C'est tout bêtise et compagnie, tout ce qui se voit pas. Y a que les sous qui servent, et j'en ai point. Le bonheur, c'est les sous, sacré bon Dieu! c'est pas toutes ces conneries!

Maman Turlutte effleura les bottes crottées du rustaud de la pointe de sa mule :

— Monsieur Amadouvier! Les femmes aussi, ça fait le bonheur!

Agaric se montra plus conciliant :

— L'en faut, je dis pas non. Depuis que la mère est périe, la soupe, c'est pas ça qu'est ça, à la maison.

— Il n'y a pas que la soupe, monsieur Amadouvier! Il y a l'amour!

La brutasse eut des phosphorescences dangereuses sous les sourcils :

— La rigolade, je suis pas contre. Mais y a point de bordel, à la campagne. Y a pas plus déshérité que le paysan. Les deux pattes arrière de la chèvre dans les bottes, on s'en fatigue vite. Ça cause pas, une chèvre. C'est pas caressant non plus. Au service, on allait au clac. C'était plus propre que la chèvre...

Sa botte pressa, langoureuse, un des œils-de-perdrix de cette mignonne citadine. Maman Turlutte rosit. Ce garçon prévenant la changeait des rebuffades de Camadule. Il était plus vieux, d'abord, Camadule, et moins sensuel. Elle s'arracha du cœur la passion qu'elle avait en vain nourrie à l'endroit du brocanteur. Celui-ci souriait ouvertement des propos hostiles dont cet Amadouvier éclaboussait les rusticités ambiantes. Captain Beaujol considérait également Agaric avec sympathie :

— T'as raison, qu'à l'armée on manquait de rien ! Ni de pinard ni de gonzesses ! La cantine et le bobinard, c'est du solide. Les hommes, ça devrait jamais être civils. Sans uniforme, on est que des bêtes. La preuve, c'est que les bêtes, ça a pas de galons !

— Sûr que j'aimerais mieux voir passer des autobus que des moutons, soupira Amadouvier. Ça, c'est joli, un autobus ! C'est frais ! C'est gai ! J'aimerais bien y retourner, à la ville. Mais pas en usine, quand même ! Ça, me faudrait une idée mais les idées, c'est comme les sous, j'en ai pas...

Maman Turlutte lui servit un cinquième canon, que l'autre but placidement, en gaillard sans complexes ni soucis excessifs de santé. L'animal ne devait pas amuser le terrain, sous un édredon, ni effeuiller des fleurs bleues pour abuser la partenaire. La concierge redoubla d'attentions :

— Vous vivez avec votre père ?

— L'est à moitié infirme, c't' outil. Un fainéant.

Ça vole son pain, ces engins-là, ça rend point de services.

— Agaric, le tança tendrement maman Turlutte, ce n'est pas chrétien que de parler mal de son père.

— Il a soixante-dix ans, ce vieux con, lâcha le rustre avec rancœur. Faudrait bien qu'y pense à débarrasser le plancher. S'accroche comme une tique, ce fumier!

— Vous ne l'aimez donc pas?

— Si, je l'aime bien. Comme tout le monde, j'y porterai des chrysanthèmes, sur sa tombe. Mais pour ça, faudrait d'abord qu'y soye dedans, ce nuisible! Y a des engeances, sur terre! Des diaboliques! Lui, y m'a jamais aimé. Des coups plein la gueule, quand j'étais petit. Maintenant, c'est lui qui les prend, mais c'est pas pareil. Y m'a gâché le souvenir d'enfance, et ça, c'est pas pardonnable.

Il s'émouvait inexplicablement sur ses jeunes années. Une larme croupie se détacha de l'un de ses yeux torves, sautilla de poil en poil de barbe. Il s'ébroua et se leva pour fuir sa peine :

— C'est pas le tout de s'amuser, faut que j'aille panser.

Seul Beaujol, qui n'avait pas le sens de l'orthographe, eut un mouvement de surprise. Avant de sortir, Amadouvier loucha sans la moindre équivoque sur les appas de maman Turlutte et grasseya :

— Dans l'après-midi, passez donc tous boire un canon à la maison. Le père sera content de voir du monde. La maison, c'est tout au bout du chemin. Ça vous fera plaisir de le prendre, c'est par là que les bêtes passent, c'est plein de bouses.

Il disparut en crachant à quinze pas, le pied traînard et le dos rond.

— Ce n'est pas pour médire des hommes des villes, rêva à haute voix maman Turlutte, mais c'est la Rome de la décadence à côté de ces échantillons superbes et généreux de la paysannerie française. Il se dégage de ce garçon une force... une solidité... une sexualité désordonnée qu'il suffirait de canaliser pour en extraire les quintessences...

— Canalisez, Conception, canalisez! approuva Camadule ravi de constater que les fantasmes de la concierge cinglaient dans d'autres directions.

Debedeux boudait, mortifié dans son amour des merveilles de la terre. Cet Amadouvier n'était qu'une brute, qu'une anomalie dans l'univers virgilien que chérissait le cadre. Debedeux ne put s'empêcher de remarquer avec aigreur :

— De fait, sexuellement, ça doit vous étrangler une bergère comme ça boit un canon. Je n'y vois pas d'inconvénient. En revanche, ses propos sur les oiseaux ne vous semblent pas intolérables, maman Turlutte?

La concierge sortit ses griffes, qu'elle peignait présentement en rouge :

— Ce n'est pas avec notre psychologie rudimentaire des villes que nous pouvons saisir le panthéisme d'Agaric, mon pauvre Debedeux! Cet homme est un orage, la foudre épargne-t-elle l'oisillon, le tarin, le pipit et la bergeronnette?

Conscient d'avoir perdu une alliée, Debedeux soupira et s'en alla fendre du bois dans l'espoir que devinssent rugueuses le plus tôt possible ses mains fines d'avorton suburbain. Il parlait tout seul, l'intégrité de ses membres menacée chaque seconde par le maniement maladroit de la cognée :

— C'est la fesse qui gouverne les hommes! L'intelligence, la bêtise, le pouvoir, l'argent, le boulot quotidien, tout est braqué vers l'arrière-train! Toute une artillerie de marine pointée, camouflée sous les trois douzaines classiques de roses rouges, le papier d'emballage des lettres d'amour, les additions du Grand Véfour et celles de Balenciaga! La fesse, rien que la fesse, toujours recommencée, plus rugissante que la mer, plus périlleuse, la lune commandant aux marées! La fesse, quelle qu'elle soit, celle du Crazy Horse ou celle de maman Turlutte! Reine! Sûre d'elle et dominatrice, comme disait de Gaulle! Éclairant le monde avec infiniment plus de watts et de volts que la liberté! La fesse, ce n'est rien d'autre que le vrai visage de Dieu...

Poulouc et Beaujol, désœuvrés, vinrent s'asseoir auprès de lui sur des billots.

— Tu vas finir par attraper un lumbago, ironisa le jeune homme.

— Et t'esquinter, apprécia Beaujol lourd de reproches. Ça esquinte, le travail. L'alcool a bon dos. C'est pas lui qui mène les mecs au trou, c'est les semaines de quarante heures!

— Je m'occupe... ahana Debedeux.

— Si tu es forcé de t'occuper, insinua Poulouc, c'est que tu t'emmerdes.

— Pas du tout, murmura, ébranlé, le tâcheron. J'ai besoin d'une vie saine et active.

— Le 4.21, c'est pas sain et actif, peut-être?

Debedeux ne répondit pas à cette protestation jaillie des tréfonds du Captain Beaujol.

Le déjeuner fut morose, pesant, quoique servi dehors et au soleil. Maman Turlutte mastiquait, obnubilée par des images, interdites aux moins de soixante ans, où caracolait un Agaric immonde de luxure. Debedeux sentait que son empire sur les membres de la communauté prenait les proportions d'une principauté d'Andorre. Le manche de sa cognée, en outre, lui avait durement meurtri un genou. Beaujol ahuri se demandait en silence pourquoi il était là. Poulouc aussi. Seul Camadule souriait toujours du hideux sourire de Voltaire :

— Ça, les gonzes, c'est la vie rêvée! Le pied! Un pingot 45 fillette! Quand je pense, Debedeux, que je renaudais pour venir là, en paradis, fallait que je sois pomme et racorni! Accepte mes excuses. Sans toi, on serait encore au Café du Pauvre à pas savoir quoi foutre de la journée, à tousser dans l'acide chlorhydrique, à boire des tutus néfastes au lieu de ce chouette petit pinard d'épicerie! Je te félicite de nous avoir tirés de là!

Debedeux demeura stoïque sous l'averse glacée. L'après-midi s'écoula lentement, les cinq vaquant à des futilités pour en combler le .vide. Maman Turlutte, qui s'était longuement apprêtée, attifée, maquillée au pistolet dans sa chambre, en sortit enfin, bruissante de bimbeloteries hippies, plus parfumée qu'une étable :

— Si nous allions rendre à monsieur Amadouvier la petite visite promise? proposa-t-elle à la cantonade.

— Vous vous êtes faite belle, Conception! admira Camadule.

— Je me fais belle pour qui me regarde, trancha-

210

t-elle sèchement pour décourager les avances éhontées du brocanteur.

La promenade créa la diversion souhaitée. Le groupe s'éloigna par le chemin creux, comme dans un tableau de Renoir, et semblablement nimbé de lumière.

Dans la cour de son habitation primitive, mi-ferme mi-masure, Agaric Amadouvier, assis sur un banc, confectionnait un panier avec des brins d'osier. Il ne se leva pas pour accueillir ses hôtes. Debedeux tenta de caresser des poules, qui s'enfuirent à son approche.

— Quoi que vous voulez leur faire? s'inquiéta Amadouvier.

— Je voulais seulement en prendre une sur mes genoux...

— Pour qu'elle vous chie dessus? Vous êtes encore malin, vous! Pas inventé l'autobus, hein? Pas d'instruction. Je vous vois pas dans un bureau.

Maman Turlutte s'était effondrée de tout son poids sur le banc, qui en craqua de douleur. La hanche contre celle d'Amadouvier, elle s'extasia :

— Quelle dextérité, Agaric! Et quelle beauté dans la simplicité!

— De quoi que vous causez, la mère? grogna l'objet de ses pensées.

— Mais de ce panier! Venez voir, mes bons amis, comme Agaric manie l'osier! Voilà de l'artisanat d'art! De la recherche folklorique!

Amadouvier fronça les balais-brosses de ses sourcils :

— Vous vous foutez de moi. C'est qu'un panier à ramasser l'herbe pour les lapins.

— Vous êtes trop modeste! s'insurgea Debe-

211

deux. Maman Turlutte a l'œil. C'est un chef-d'œuvre de bon goût que cette vannerie.

— Elle a de la gueule, appuya Poulouc.

Amadouvier maugréa, abruti par ces compliments :

— C'est qu'un panier. C'est pas sorcier à fabriquer. N'importe quel con en fait autant. Même les bonnes femmes y arrivent. On sait ça tout petit, par chez nous.

— Inné! C'est inné! s'écria maman Turlutte.

Agaric abandonna ses osiers, dépassé par tant d'innocence de la part de ses frères inférieurs. Il grommela encore, le front plissé sous son béret crasseux :

— Faut bien être de la ville, quand même, pour se taper le cul devant un panier! On ferait mieux d'entrer boire un canon. Venez donc, au lieu de galoper les poules pour les biser et de prendre un couffin pour la tour Eiffel!

Ils le suivirent, empressés. La pièce où il les mena était obscure, à peine éclairée par une unique fenêtre aux vitres ruisselantes de graisse. Elle fleurait âcre et pêle-mêle la chaussette, la soupe rance, l'ammoniaque, le brûlé, le sur, le renfermé, l'ail et le kangourou en cage. Un vieillard humble au visage hypocrite et plus talé d'ecchymoses qu'un fruit gâté était tapi au coin d'une ancestrale cuisinière de fonte noire.

— C'est le père, le présenta Amadouvier. Ho! le vieux, lève-toi pour dire bonjour à des gens de la ville!

Le père Amadouvier s'anima à la hâte en un fracas de rhumatismes articulaires, un bras replié sur la figure pour la protéger d'un éventuel horion.

Son fils commenta les efforts qu'il accomplissait pour se mettre debout :

— Y fait semblant de se traîner parce qu'on est là. Mais dès que j'ai le dos tourné y file à la cave comme un cabri pour aller boire du vin au tonneau. C'est fainéant comme un porc, rusé comme un renard, ces débris-là. La mort a ben pas faim, de laisser en vie des guenilles pareilles !

Aucun des visiteurs ne protesta, le vieillard pouffant à ces dires hargneux comme à autant de fines saillies. Il tendit à la ronde la carapace de langouste qui lui tenait lieu de main, ouvrit le noir goulot de sa bouche édentée :

— Ah ! ah ! salut la compagnie ! On est venu respirer la bonne air, ah ! ah ! Bon fils, l'Agaric, ah ! ah ! plein d'allant, dur au travail, ah ! ah ! tout juste un peu taquin...

Pendant que les yeux bordés de jambon de son père scrutaient un à un les arrivants, Agaric bougonnait :

— Faut pas vous laisser prendre à ses simagrées, au vieux. Il a tué ma mère comme il avait déjà assassiné la sienne pour lui prendre son bas de laine : en savonnant une marche de l'escalier de la cave. C'est rare qu'on se fende pas le crâne, surtout quand on n'est plus agile. Quand on lui cause de ça, y a pas plus sourd. T'as rien compris, hein, l'ancien ?

— Ah ! ah ! cause plus fort, mon petit gars ! glapit Amadouvier père, la paume ajustée en conque à l'oreille.

Agaric cligna de l'œil pour ses invités, reprit *mezzo voce* à l'intention de l'auteur de ses jours :

— Tu boirais pas un canon avec ces messieurs dames, vieux saltimbanque?

— Ah! ah! ma foi, pas de refus, y fait sec, ah! ah! s'enchanta l'autre, l'ouïe par miracle retrouvée.

Agaric sortit une clé de la poche de son gilet, ouvrit la porte d'un débarras, revint avec deux litres, disposa des verres sur une table où la manche imprudente restait collée comme à un attrape-mouches.

— C'est quand y boit, le père, que j'y fous des torgnoles. Autrement, j'y touche pas. Faut pas croire que même à la campagne on est des monstres.

— Nous ne le croyons pas, cher Agaric, fit maman Turlutte en trébuchant, ce qui lui permit de se cramponner au bras de l'anthropoïde et de le serrer de prometteuse façon.

Amadouvier, servant à boire d'une main, lui balança l'autre aux rondeurs en rigolant :

— Point d'os, que de la viande, à la bonne heure! Moi, j'aime pas les fumelles qui sont faites pareilles que des vélos!

— Agaric! fit maman Turlutte confuse, il y a du monde!

— Allez, on connaît la vie, lança Camadule de plus en plus réjoui, même qu'on sait ce que c'est que le printemps!

Debedeux contemplait cet intérieur rural *fifty fifty* patine et chiures diverses. Beaujol, toujours ahuri, se demandait toujours pourquoi il était là. Poulouc aussi. D'autant plus que ce vin leur rabotait la langue avant de choir dans l'estomac en catastrophe pétillante.

— C'est du fameux, expliqua Amadouvier.

J'aime mieux le payer plus cher et qu'y me décape pas les boyaux!

Son père savourait le nectar, les dix doigts crispés autour de son verre.

— Vous êtes là pour quèque temps? questionna Agaric.

Debedeux rougit, ne répondit pas, soudain passionné par une tache suspecte étalée sur la table. Ce fut l'allègre Camadule qui le fit à sa place :

— Jusqu'à l'automne, au moins! On est heureux, ici, dans l'oxygène jusqu'aux yeux!

Amadouvier haussa impoliment les épaules :

— Ça sert à rien, l'oxygène. Faut bien être des marteaux de la ville pour se régaler avec des cochonneries comme ça. Et quoi que vous comptez faire d'ici l'automne, si c'est pas indiscret?

— Vivre! entonna Camadule enthousiaste. Vivre à pleins poumons! Nous consacrer à la culture, à l'élevage, consommer les produits naturels du sol! Nous vautrer dans la rosée, nous rouler dans l'aurore! Pleurer d'émotion tous les soirs au coucher du soleil! Remercier le créateur! Chanter sous la pluie! Exposer notre corps à la lumière nourricière!

Agaric Amadouvier le fixa comme s'il eût été un de ces petits hommes verts que les gendarmes soûls rencontrent un peu partout en France les soirs de fête, et décrivent le lendemain dans des rapports sur les O.V.N.I. qui bouleversent les milieux scientifiques :

— Sauf votre respect, vous allez rien vous emmerder! Si j'avais trouvé du boulot à Mende, comment que j'y aurais planté là, moi, le tas de fumier, les vaches, les poules, la terre, tout le cirque et le vieux avec!

Son père pleurnicha :

— Ah! ah! qu'est-ce que j'aurais devenu, ah! ah?

— T'aurais crevé, rétorqua son fils, évident et logique, avant de quitter la table.

Au passage, il lui assena une tape amicale qui l'expédia à 67 km/heure contre un angle de la cuisinière. Le vieillard rit servilement, étancha à l'aide d'un mouchoir pourri le sang qui lui coulait d'une pommette.

— Venez donc dans ma chambre, proposa Agaric égayé par la bonne plaisanterie faite à son père, j'ai des trucs sales à vous montrer. On n'est pas de la ville, mais on rigole quand même!

Émoustillé, Captain Beaujol était déjà sur ses talons. Il fut déçu par la sex-shop d'Amadouvier. Toutes les muqueuses prises à la gorge par des relents virils de vase et de chenil, on toussait dès l'orée de la pièce. Elle était aux trois quarts tapissée d'images découpées dans des catalogues et représentant des demoiselles d'excellente famille drapées chastement dans une serviette au sortir d'une « cabine à douches livrée complète avec tous ses accessoires, poids emballée 8,500 kg avec vis de fixation et mode d'emploi ».

D'autres coquines tortillaient meules et doudounes dans des maillots de bain deux pièces en fibre polyamide et élastomère du 38 au 44.

La libido d'Amadouvier parut quelque peu affligeante aux quatre banliusards mâles.

— C'est dégueulasse, hein? gloussait Agaric cramoisi, des bulles de bave aux commissures des

216

lèvres. Ces salopes-là, elles viennent du Tarif-Album de la Manu. Les autres catins, ça réchappe des réclames des Trois-Suisses et des prospectus de la Redoute. Ça rend fou, pas vrai?

— Dans vos confins, c'est pas exclu..., lâcha Poulouc abattu.

Amadouvier surexcité allait de l'une à l'autre de ces pin-up pour ecclésiastiques demeurés :

— Visez-moi c'te morue! Et celle-là! Des fois, je me couche tout malade. Je rêve des choses qu'on oserait pas raconter à personne, même pas à un chien.

— On peut tout entendre, fit le serein Camadule.

Aux bords du plaisir solitaire mais sonore toutefois, Agaric bafouilla :

— Y a qu'un ennui, qu'un défaut, c'est que ces truies folles du cul elles ont point de poils. Des femmes à poil sans poils, on a beau dire, c'est point de la vraie femme à poil. Y pourraient quand même y penser, les directeurs de Manufrance. A Saint-Étienne, y nous prennent ben pour des bouseux, pour des malheureux qu'ont jamais vu un derrière de putain par un trou de serrure.

Maman Turlutte, elle, n'estimait pas les mannequins assez replets :

— C'est des soles, des poitrinaires, pas des femmes! Moi, d'accord, j'ai les seins qui tombent, vu mon âge, mais ils pèsent quand même deux kilos pièce!

Debedeux, indifférent aux charmes féminins placardés sur les murs, contemplait des cannes sculptées pas le maître des lieux, ornées au couteau de sexes des deux sexes. Poulouc se détourna des soutiens-gorge voués à la vente par correspondance :

— A mon sens, Amadouvier, pas très souterrain sur le plan érotique, votre exposition.

— Souterrain?

— Underground, si vous préférez.

— Sûr, que je préfère. Les Underground, c'est le nom de l'orchestre électrique du canton.

Il ramena les gens de la ville à d'autres réalités que celles de l'amour-passion :

— Allons se vider encore un peu de boisson dans la panse. J'ai guère envie de travailler, pour une fois que je peux causer à d'autres gens qu'à des ploucs infects qu'ont jamais vu un autobus.

Ils s'installèrent derechef à la table poisseuse où pataugeaient des mouches. Le vieillard ne saignait plus et ronflait comme toutes les tuyauteries d'un hôtel de province, recroquevillé sur sa chaise. Agaric le toisa avec mépris :

— Ça, c'est déjà du parasite! Ça se plaît que dans la fainéantise. Ça mange des deux fois par jour. Ça coûte. Et canaille! Des rhumatismes! On se demande où qu'il a été chercher ça, ce meurtrier, cette bande à Bonnot à lui tout seul! Rhumatismes! A soixante-dix ans! Misère de misère, ça va bien qu'il est de la famille et que c'est sacré, la famille, sans ça je te le foutrais à la grange!

Il s'envoya un verre de vinaigrette pour se calmer. Toutes les lèvres avaient viré au violet sous l'épreuve du tournesol. Camadule sentit les siennes se fendiller. Il articula pourtant :

— Amadouvier, si tu m'écoutes, ta fortune est faite, et tu vas à la ville.

Agaric demeura bouche bée, exhiba toutes ses

218

dents café-au-lait avant de bégayer, les yeux ne laissant plus filtrer qu'un rai noir de méfiance :

— Tu te fous de moi, toi. Gagner des sous en ville, je me demande bien comment. J'ai pas le certificat d'études...

— Pas besoin. Ça nuirait plutôt que tu sois un savant. A Villeneuve-sur-Marne, tu vas faire un tabac, avec tes paniers et tes cannes! Tu saurais fabriquer des pots bien vilains, informes, répugnants?

— J'en ai déjà cuit dans le four, mais y ressemblaient ben à rien de propre...

— Parfait. Y a que ça qui se vend, en ville. Des tabourets taillés à la hache, tu t'en sortirais?

— Ça m'est arrivé d'en faire, mais y tenaient même pas debout...

Formidable. Y a pas plus commercial.

Il s'adressa à Debedeux :

— C'est la formule des « Nénettes à loilpé » de Poulouc appliquée au rustique.

Debedeux l'approuva gravement :

— Je me doutais qu'on pouvait en extraire des motivations économiques, de ses paniers, à Agaric. Y a des débouchés. Reste à les matérialiser.

— Je lui prête ma remise. Ses premiers produits, on les met dans ma vitrine avec une pancarte : « Gadgets campagnards[1] ». Six mois après, il a sa boutique à lui!

Amadouvier éberlue passait d'un visage à l'autre, et tous ces visages lui criaient de se lancer à corps perdu dans l'exploitation du citadin nostalgique de ses racines régionalistes. Il sollicita l'avis de maman

---

1. Publicité vue dans un grand magasin parisien. (*N. de l'A.*)

Turlutte qui, à ses côtés, avait une main qui écoutait aux portes :

— A se foutions de moi, ou pas, madame Turlutte ?

— Je m'appelle Conception, de mon petit nom.

— Conception ou pas Conception, c'est du sérieux, ce qu'y racontent ?

— C'est très sérieux. Nous serons voisins, Agaric. Je vous ferai votre petite popote, et je laverai votre linge. Si vous êtes courageux, vous deviendrez très riche, et votre père coulera une vieillesse heureuse.

Amadouvier ne dit plus mot, tout le béret agité, ondulé par les soubresauts de ses nébuleuses réflexions. Quand ses hôtes, l'estomac brûlé au premier degré, prirent congé de lui, il grommela en guise d' « au revoir » :

— Faut voir... Faut y penser... Pas s'emballer...

Le lendemain matin, Poulouc n'était plus là. Ses affaires non plus. On le chercha partout en vain. Ce fut ainsi qu'on s'aperçut que la chambre de maman Turlutte était vide.

— Il est peut-être parti avec ? supposa, effrayé, le Captain Beaujol.

— Non, répondit Camadule. Ses bagages sont là, à la bignole, et je vous parie cent bouteilles de Fleurie contre une du pinard d'Amadouvier qu'elle est en plein sabbat dans la chambre ardente du nommé Agaric, notre boulimique du miaou, notre vorace de rural faisandé !

Debedeux murmurait, effondré :

— Pourquoi il s'est sauvé, le petit ? Pourquoi ?

— Pour moi, fit Camadule ému, il est rentré.

— Rentré? Où ça rentré?

— A la maison!

Ces trois mots lancés avec insolence, Camadule s'en alla se promener seul dans la toundra.

A midi, maman Turlutte réintégra la « Musardière », sautillante et rajeunie d'un an.

— Mes bons amis, s'écria-t-elle, vous avez devant vous la femme dans toute sa plénitude, la femme dans toute sa floraison et tout l'éclat de sa majesté! La femme heureuse! Comblée! Si jamais Agaric repart avec nous, je l'épouse! Je referai ma vie avec cette force de la nature, ce torrent de montagne, cette implacable dynamique!

Le lendemain matin, Captain Beaujol n'était plus là et maman Turlutte avait découché pour la deuxième fois.

— Beaujol s'est barré..., murmura Debedeux de plus en plus anéanti. Il aurait pu nous en parler. Peut-être que demain tu ne seras plus là, Camadule?

— Non. Moi, je t'attendrai. Jusqu'au bout.

A midi, maman Turlutte revint, dansant en elfe dans les prés, et rajeunie d'une autre année.

— Mes bons amis, s'écria-t-elle, comment peut-on subsister sans amour? Loin de ce dieu de feu, ce n'est pas vivre, mais survivre! Le printemps est entré en moi!

— Combien de fois, mon enfant? ricana Camadule.

— Je vous ai aimé, Adrien. Respectez au moins ce doux souvenir...

Camadule s'en alla se promener seul dans la pampa.

Le soir, Amadouvier accourut, ouvrit la porte sans frapper. Les trois rescapés de l'aventure languedocienne se chauffaient devant la cheminée.

— Que se passe-t-il, Agaric? s'exclama maman Turlutte tourneboulée en se dressant sur ses varices.

— Ça se passe qu'y s'est passé un grand malheur, narra Agaric pas autrement ému que s'il avait perdu son couteau. Ça se passe que le père est passé.

— Il est mort?

Amadouvier prit le temps de se remplir un verre de vin et de le boire avant de poursuivre son récit :

— Il a cassé sa pipe, sûr. Il a encore voulu descendre à la cave pour s'arsouiller au tonneau comme il en avait l'habitude, ce vieux voleur. Je lui avais toujours dit que le bon Dieu le punirait, eh ben le bon Dieu, il lui a fait sa fête, au père. Il l'a pas loupé. Avec tous ses rhumatismes, il a glissé sur une marche, le vieux, et il s'est ben foutu la gueule en l'air, le pauvre chrétien. Comme par un fait exprès, j'avais balancé par hasard des outils au bas de l'escalier. J'avais pas pris cinq minutes pour les ranger. Le père a pas eu de veine. Il s'est planté le ventre sur un fer de bêche. Il a ben dû souffrir, et c'est ben du chagrin... Moi que je voulais l'emmener à Paris avec moi, rapport à sa vieillesse heureuse, il y verra jamais, les grands magasins, les autobus, les monuments et les bordels. J'ai plus qu'à vendre les vaches et la volaille, à enterrer mon petit papa, et je suis à vous si ça tient toujours, les paniers...

Maman Turlutte l'embrassa :

— Je vous plains, Agaric. De tout mon cœur. Il ne vous reste plus que lui sur terre, mais croyez qu'il est tout à vous !

Tenant toujours enlacé son amant qui reniflait vaillamment sa peine à deux narines, elle demanda à Camadule et Debedeux :

— Nous rentrons quand, mes bons amis ? Agaric ne peut plus rester là, avec ce cher fantôme qui ne peut qu'attiser sa douleur...

Debedeux, lui, attisait le feu :

— Quand vous voudrez, maman Turlutte. Tout de suite après l'enterrement, si ça vous va. On reviendra bien un jour ici, Adrien ?

— Pourquoi pas, Paulo ? On se plaisait. L'oxygène nous manquera.

Amadouvier père inhumé — avec permis, s'il vous plaît —, la D.S. fit demi-tour et prit le chemin de la rue Maurice-Thorez. A l'arrière, plus de Beaujol ni de Poulouc, mais maman Turlutte étreignait les yeux clos un Agaric Amadouvier qui s'était lavé les mains, rasé de frais pour le voyage.

CHAPITRE X

Et le Beaujolais nouveau 1975 arriva! Avec lui, comme chaque année, les affichettes et la joie de l'année!

Camadule, Debedeux, Poulouc et le Captain Beaujol pêchaient dans le bras de Marne en face du pavillon de l'ex-sergent-chef. Ils avaient, ce matin-là, emporté sur la berge quelques bouteilles du vin nouveau pour accompagner les pieds de porc et la mortadelle du casse-croûte.

Six mois s'étaient écoulés depuis leur séjour en Lozère, et ils n'en avaient jamais reparlé. A leur retour, Camadule et Debedeux avaient retrouvé les deux autres installés au Café du Pauvre comme si rien ne s'était jamais passé, et ils s'étaient joints à eux tout naturellement pour l'habituelle partie de 4.21.

Depuis lors, Debedeux avait revendu sa D.S. qui ne correspondait plus à son standing de semi-clochard. Il avait honte, en espadrilles et en costume déchiré, de conduire cette voiture de riche. De plus, il préférait de loin traîner à pied avec ses pairs dans les vieilles rues de la Réserve. Il y aurait toujours de l'herbe à vendre aux guérilleros des boulevards Saint-Michel et Saint-Germain! Il s'y rendait parfois, l'attaché-case — ultime vestige de sa splendeur — à la main, visitait ses pratiques douteuses, regagnait par le R.E.R. son port d'attache, mallette vide et bourse pleine. La « Bang-Bang Aéronautique » attendait toujours patiemment la fin de son lumbago. Quand elle jugerait bon de mettre un terme à cette longue et cruelle maladie, Debedeux encaisserait sans sourciller son indemnité de licenciement... Ainsi coulait, voguait, flottait la vie...

Les bouchons de leurs quatre lignes flottaient eux, dans la mousse des produits de l'usine d'engrais « Beaugarden and Co », et les poissons ne mordaient pas.

— Cette fois, décréta Camadule, ils sont tous crevés, y a pas! Ça devait finir par arriver, comme le Beaujolais nouveau.

— Faut pas désespérer, fit un Beaujol bizarrement radieux. Moi, j'avais bien raison de jamais désespérer de l'existence!

— Ça fait une semaine que tu nous pompes de l'air avec tes mystères, si t'as quelque chose à dire, dis-le!

— Mon petit Poulouc, Beaujol causera un soir. Ce soir peut-être, à la belote, si l'atmosphère s'y prête, si le vent souffle du bon côté de l'amitié...

Et le béat Beaujol relança sa ligne dans l'écume qui virait du blanchâtre au verdâtre, au gré des fantaisies de la chimie. Ses trois compagnons le regardèrent en haussant les épaules. L'alcoolisme était peut-être enfin venu à bout des facultés, déjà modestes, de leur ami... Debedeux, proche de Camadule, insinua :

225

— M'a semblé t'entendre, Adrien, évoquer le Beaujolais nouveau. On pourrait s'en siffler une larme avant qu'il soit ancien, pendant que l'ablette sommeille, que le goujon fait la planche?

— Ça serait plus intelligent que d'attendre qu'ils ressuscitent...

Le brocanteur posa sa gaule dans l'herbe et tapa dans ses mains pour sonner l'heure de la récréation. Les quatre amis s'assirent en rond autour du cabas qui contenait leur en-cas. Ils le portaient à tour de rôle du Café du Pauvre à ces rives, quand ils se rendaient à la pêche.

— La pêche, soupira Captain Beaujol en ouvrant son couteau, faudra qu'un jour on y renonce, on prend plus rien. Et quand on pique un poiscaille on le refout à la baille tellement qu'il est scrofuleux!

— Pas d'accord avec toi, Beaujol, riposta Camadule qui, déjà, découpait en tranches fraternelles la mortadelle. La pêche ensemble, c'est une cérémonie amicale où le poisson vient en surplus. C'est un geste, comme de se dire : « Bonjour, comment ça va? » T'es pas de mon avis, Debedeux?

Debedeux débouchait bruyamment une bouteille. La sympathique déflagration courut chercher un écho sur le fleuve.

— Si, Adrien. Faudra toujours qu'on pêche tous les quatre. Même s'il y a plus d'eau du tout! Je me dis tous les midis et tous les soirs, quand on se retrouve à la table de Germaine et de Gaston, que j'ai réussi ma vie sur le tard. Grâce à vous, j'ai connu l'amitié et la liberté, un homme peut pas rêver mieux sur sa terre.

Beaujol grasseya, empêtré dans sa mortadelle :

— T'oublies l'amour!

Debedeux eut un sourire désabusé :

— Oui, ça serait pas mal, si ça existait...

Le rude Poulouc grogna, la bouteille à la main :

— Ça vous ferait rien de pas chercher à retirer leur slip aux mouches ? On est là, on boit un coup, on n'est pas mal, et y en a toujours un, quand c'est pas deux, qui nous déballe son petit cœur comme je déballe ces pieds de porc ! Vous compliquez, vous radotez, vous travaillez dans le sénile, les mecs ! Vous vous laissez aller dans le courant comme des vieilles boîtes de conserve...

— D'après toi, si on t'écoutait, on pourrait plus jamais causer !

— Si, Beaujol ! Causer ! Mais pas montrer son cul ! Surtout quand il est pas signé Brigitte !

— Verse à boire, fils, goguenarda Camadule, au lieu de nous raconter ta vie. On n'a même pas eu le temps de le goûter, hier, le primeur !

Comme Debedeux portait son verre à ses lèvres, Camadule l'en empêcha, sévère :

— Tu te crois où, toi ? Dans un bar américain ? Dans une cafeteria ? Le premier verre de la journée, c'est le coup de canon qui annonce la fête ! On n'est pas dans le métro ! On trinque, entre amis !

Ils trinquèrent donc. Camadule avait le sens du rituel, l'imposait inlassablement à ses compagnons. Il se frotta doucement l'estomac :

— Je dois être une heureuse nature. Le Beaujol nouveau, Gaston le pessimiste le trouve toujours moins bon que celui de l'an passé, et moi toujours meilleur. Celui-là, tenez, il est bavard comme une portée d'hirondelles sur un fil !

— Avec le fromage de chèvre, décida le Captain,

sûr qu'ils vont s'embrasser sur la bouche. En français, se rouler une pelle, ou une saucisse.

— On va retomber dans le délire poétique, dans l'ivrognerie de compétition, remarqua Poulouc, de bonne humeur cette fois. Moi, je dirai carrément de ce breuvage, pour pas être en reste avec les lyriques poivres de service, qu'il sort tout droit d'une fable de la Fontaine.

Debedeux sourit :

— Pas bête. Un La Fontaine qu'aurait paumé sa perruque dans la ruelle d'un lit.

Et Beaujol d'interpréter *La Marseillaise* sur le violon de ses fibres patriotiques :

— Y a pas plus français que le Beaujolais nouveau! Qu'ils essaient d'en sortir une seule bouteille, les Russkofs et les Ricains! Parlons pas des Engliches ou des Chleuhs, aussi cons que les Esquimaux question picrate! On est des génies, les Français! Vive Napoléon! Vive Bigeard!

Poulouc mit fin à cet élan altier en s'étonnant :

— T'oublies les crouilles, maintenant, dans ta galerie des étrangers maudits?

Beaujol rougit, bredouilla :

— Mais non... Pas du tout... Qu'est-ce que tu vas pas chercher, môme! Les ratons, c'est pas des hommes. Des types qu'avaient le pot incroyable d'avoir la nationalité française et qui l'ont rejetée, j'appelle pas ça des types normaux! Sont plus handicapés que Prunelle, sûr! Faut quand même être fondu, non, pour plus vouloir mourir pour la France!

Il attrapa résolument un pied de porc et s'en barbouilla le menton et un col de pull-over qui, en

228

vérité, ne pouvait s'offusquer d'une tache de graisse de plus ou de moins.

Une Mercédès s'arrêta sur la route et son conducteur donna quelques coups de klaxon pour alerter les pêcheurs.

— Tiens, fit simplement Camadule, voilà Agaric!

Amadouvier descendait en effet de la voiture, venait gaiement à eux, très élégant dans son costume bleu marine. L'irrésistible ascension d'Agaric Amadouvier aurait pu laisser pantois ceux qui l'avaient connu dans son cloaque, s'ils n'avaient vu pis. Dès son entrée furtive de surmulot dans la rue Maurice-Thorez, il avait épousé maman Turlutte à l'église, lancé les économies de la concierge dans l'aventure des « Gadgets campagnards ».

Vingt-quatre heures sur vingt-quatre, le couple avait tressé des monceaux de paniers, cuit d'affreuses écuelles et terrines dans le four de sa cuisinière, fabriqué des bancs boiteux hérissés de clous et d'échardes. La devanture de Camadule fut tôt envahie par ces objets plus que rustiques. Tous les clients du brocanteur, tous les fanatiques amateurs de moulins à café et de siphons d'eau de Seltz s'arrachèrent ces produits du folklore.

Agaric alla sur les chantiers débaucher un, puis deux, puis trois travailleurs immigrés, leur inculqua — coups à l'appui s'il le fallait — les rudiments de la vannerie, de la poterie, de la menuiserie, les initia aux délices de la semaine de soixante-douze heures, les pressura, les terrorisa, mais toucha à son but.

« Dans six mois, il aura sa boutique », avait prophétisé Camadule. Il s'était trompé. Trois mois après son arrivée, Amadouvier louait et ouvrait un magasin près de la station du R.E.R. A l'enseigne, bien entendu, des « Gadgets campagnards ».

Maman Turlutte et lui n'avaient jusque-là mangé que des croûtons ramassés au Café du Pauvre, bu que de l'eau du robinet. Finies, les cures de blanc de la concierge! Emportées par le maelström d'une avarice jaillie du fond des âges! Agaric se montrait toutefois moins regardant sur le crochet du droit à la pointe du menton, ne lésinait pas quant à la gifle à toute volée. Maman Turlutte avait en tous points remplacé son vieux père sur le chapitre des marques d'affection. Elle arborait souvent autour des yeux des imitations de Légion d'honneur, ses joues s'ornaient parfois du poireau du Mérite agricole. Elle en riait, heureuse, aimante, aimée. Les étreintes bourrues de son petit mari chéri compensaient ses menus mouvements d'humeur.

— Salut donc bien, les bons amis! s'écria Agaric en s'approchant de ceux qui l'avaient extirpé de ses mottes.

— T'es beau comme un camion, apprécia Beaujol.

— Ça, fit Debedeux, tu n'as pas mis longtemps à t'assimiler tous les raffinements du parisianisme! Maman Turlutte t'a sagement formé, qui en connaît un rayon sur l'élégance.

— S'appelle plus maman Turlutte, la vieille, répliqua Agaric en s'accroupissant près d'eux non sans prendre garde au pli de son pantalon, c'est madame Amadouvier.

Camadule fut net :

— Tu vas pas changer nos habitudes. Maman Turlutte, c'est maman Turlutte, un point c'est tout. On n'aime pas les perturbations dans les identités. A part ça, ça a l'air de marcher, pour toi?

— Je me plains pas...

— Fais pas le bouseux méfiant avec nous, gouailla Poulouc. T'as rien à craindre, on cherche pas à s'agrandir.

Amadouvier en convint. Ceux-là étaient inoffensifs sur le plan commercial. Il se déboutonna :

— Ça va pas mal. Mais faut trimer ! Maintenant, j'ai cinq Portugais, trois Espagnols, deux Arabes, un Yougoslave et un Turc qui travaillent comme des négros dans mon atelier. Et ça file doux, avec Amadouvier, vous pouvez le croire ! Le premier de ces exotiques qui me parlera de syndicat, de grève ou d'autres trucs de fainéant, je te lui foutrai la gueule au carré, bon Dieu de bordel de merde !

— Soigne ton langage, le reprit Debedeux. C'est mal vu, dans les affaires, de causer mal. Tu te feras taper sur les doigts, dans les réunions du Conseil national du Patronat français !

— Tu as raison, Paul, admit Amadouvier en rosissant.

— De plus, poursuivit Debedeux, ne fais pas la justice toi-même, ça te déconsidère. Il faut que tu bombardes contremaître un de tes esclaves. Si tu en sors un seul du rang, il sera dix fois plus vache que toi avec les autres pour justifier l'excellence de ton choix. Les gardiens sont pauvres, qui surveillent les maisons des riches.

— C'est p't'êt' une idée... supputa l'ex-rural, tous yeux plissés par l'attention.

— Faut toujours écouter les anciennes victimes de la condition prolétarienne, dit Camadule persuadé qu'il avait jadis souffert sous des jougs.

Amadouvier, tu as déjà vu un bout de pain frotté d'ail?

— Ben... oui...

— Maintenant que tu es patron, faut que tu te frottes d'instruction. Qu'est-ce que tu lis?

— Ben... des factures...

— C'est pas suffisant. Nous, on est arrivés à rien, mais ça n'a pas toujours été dans un fauteuil. Si on l'avait pas fait exprès, de se freiner, on aurait atteint des sommets sociaux comme Debedeux. Parce qu'on avait lu! Faut que t'achètes des livres, Agaric. Quand tu vas aux cabinets, par exemple, meuble-toi l'esprit, au lieu de regarder l'ampoule. Bouquine de la grande littérature, comme *Roger la Honte*, *La Porteuse de pain* ou *Ça glisse dans la vallée*, de Balzac.

Amadouvier serra les mâchoires :

— J'y ferai! Je veux être le plus grand dans le panier! Vous savez-t-y que j'exporte? Les « Gadgets campagnards », on en vend déjà rue du Dragon, rue Bonaparte!

Les Amadouvier habitaient depuis quinze jours la résidence des Tourterelles, non loin de l'ancien appartement de Debedeux. Agaric envisageait de faire bâtir, au pays, une gentilhommière Louis XIII avec, à l'extérieur, des lanternes imitation fer forgé. Il réprima une larme pieuse en murmurant :

— Le père va avoir un sacré beau caveau, au cimetière. Il l'a bien mérité, le pauvre vieux, après tous les sacrifices qu'il a faits pour moi. Et jamais un mot plus haut que l'autre, entre nous deux! Vous qui l'avez connu, c'était un saint, le premier qui me soutiendrait le contraire, sûr que j'y enverrais mes avocats!

Désertant le domaine émotionnel, qui n'était pas son fort, il décocha à ses bienfaiteurs un clin d'œil répugnant qui se prétendait égrillard :

— Faut que je vous dise, les gars, que, en plus de mes métèques, j'ai une secrétaire, pour la paperasse. Vingt-deux ans. Je te l'attrape sur le bord du bureau, et crac! C'est bien gentil de s'échiner sur le boulot mais faut quand même se garder cinq minutes pour la rigolade!

Cette histoire de secrétaire réveilla en Debedeux de tristes souvenirs :

— Et... elle t'emmerde pas?

Amadouvier fripa le paillasson de ses sourcils :

— M'emmerder? Si elle m'emmerdait, je te la foutrais dehors avec quatorze coups de pied au cul! C'est moi qui paye, oui ou merde? M'emmerder! Ça alors!

— Et maman Turlutte? Enfin... ta femme... elle le sait?

— J'y en ai touché deux mots comme ça. Elle a eu l'air d'y prendre mal, elle a pris un marron. Toute mignonne qu'elle est, depuis. Dans la famille Amadouvier, les bonnes femmes, ça la ferme depuis toutes les générations. Fais la soupe, amène tes fesses, et la paix!

Cette théorie primaire, qui eût horrifié les militantes du M.L.F., laissa rêveur Debedeux. Il avait dû être trop sentimental, autrefois...

Camadule offrit un verre de Beaujolais nouveau à leur visiteur. Celui-ci hésita :

— J'ai peur de sentir le pinard, après... J'ai rendez-vous pour des pots à eau avec un responsable de grandes surfaces. Faudrait pas qu'y me trouve l'aspect pécore...

— Penses-tu! Ça fruite la bouche... Ça l'oxygène façon Lozère.

Amadouvier obéit poliment, grimaça en buvant.

— T'aimes pas ça? glapit Camadule.

— C'est pas que j'aime pas, fit l'autre avec courtoisie, mais je préfère celui que j'avais à la ferme. J'en ai fait venir une barrique à la résidence.

— Un Beaujolais nouveau à se mettre à genoux devant!

Camadule hurlait à présent, plus scandalisé par la moue d'Agaric que par les atrocités commises au fil des âges par toutes les armées du monde.

— Faut pas discuter des goûts et des couleurs, rétorqua Amadouvier sans se démonter.

Il songeait qu'il lui faudrait espacer ses relations avec ces éléments troubles et mal vêtus. Il les estimait, certes, avait tiré, tirait encore parti de leurs conseils, mais il n'avait plus intérêt à être aperçu en leur compagnie. Cela pouvait lui causer du tort dans son commerce, de fréquenter des paresseux et des buveurs notoires ayant perdu toute notion d'honorabilité. Il consulta son chronomètre, se redressa :

— C'est pas que je m'ennuie, mais faut que je file au magasin.

Debedeux désigna d'un geste brusque les souliers du futur Dassault de la vannerie rustique :

— Où que t'as acheté ces pompes?

— Au Super Market. Elles sont chic, hein?

— C'est des lattes d'économiquement faible, indignes de ta position. Tu nous les refileras, et t'achèteras des Church's.

234

Assommé par tant de compétence, Amadouvier bégaya :

— Des quoi, que tu dis ?

— Des Church's. Des chaussures anglaises. Y a rien au-dessus, dans la belle godasse, rien. Je vais t'écrire ça sur un bout de papier.

Agaric sortit son agenda de sa poche de gilet. Debedeux lui nota le nom des merveilles, ajouta :

— Ne mégote pas. Prends-en trois ou quatre paires. Fais-les user un temps par tes Portos. Si tu les brises toi-même, l'œil exercé ne s'y trompe pas, te décrète illico plouc et fougnoteux.

Amadouvier ne discuta pas, regrettant simplement en son for intérieur qu'un être aussi supérieur pût désormais se consacrer à des billevesées anarchisantes telles que la pêche en Marne et le casse-croûte sur l'herbette... Il prit congé des quatre amis, rejoignit sa Mercédès, en fit ronfler très fort le moteur pour impressionner tous les nécessiteux du quartier. Les habitués du Café du Pauvre suivirent d'un regard neutre la voiture jusqu'à ce qu'elle eût disparu. Debedeux soupira :

— Dire que j'ai été aussi con que ça...

— Pas tout à fait, quand même !

— Tu es gentil, Poulouc, mais je le serais devenu, sans vous. Quand tu es sur une pente, tu descends. Si c'est pas sur des skis, c'est sur le cul.

— C'est pas le mauvais cheval, Agaric..., dit Captain Beaujol porté, ce jour, à l'indulgence.

— Peut-être pas très, très démocrate, persifla Camadule. C'est un peu chiffonnant sur les bords, cette exploitation du loqueteux par la hyène. Mais c'est comme ça, paraît-il, en écrasant les hérissons, qu'on roule en grosse bagnole...

— C'est la vie.

— C'est vrai, que c'est la vie, Beaujol, tout à fait exact. Tu n'es pas si pelure, pas si pomme que ça.

Beaujol se rengorgea :

— Jamais été pelure ni pomme, Beaujol! A la guerre, on a le temps de se poser des questions sur tous les problèmes humains, et de les résoudre inexorablement. On s'instruit, à côtoyer les gradés!

— Si on arrêtait la pêche pour aujourd'hui? suggéra Poulouc. Je sais pas ce que j'ai, mais j'aimerais qu'on retourne chez nous.

— Chez nous?

Debedeux n'avait pas suivi la conversation, s'étant un peu égaré l'âme dans les creux tièdes de la mousse des engrais « Beaugarden and Co ».

— Au bistrot, quoi! répondit Poulouc agacé. Où veux-tu que ce soit, chez nous? A l'église? Dans le R.E.R.? La cité Joyeuse?

Puisqu'ils étaient plus vieux que lui, Camadule, Debedeux et Captain Beaujol le contrariaient le moins possible. Il était un peu leur enfant, Poulouc. Ils le gâtaient en conséquence. S'il ne restait qu'un verre dans une bouteille, phénomène qui se produit couramment chez les bouteilles, il appartenait d'office, au privilège de l'âge, au benjamin de la troupe. Si Poulouc toussait, le vin se changeait en vin chaud additionné de cannelle et de noix muscade. Si, par extraordinaire, il tenait des propos déraisonnables, Camadule et Debedeux ne disaient pas de lui ce qu'ils eussent affirmé sans fioritures d'un Beaujol proférant les mêmes discours, à savoir : « C'est un con! » Ils disaient plus charitablement : « Il est jeune », avec une nuance de respect à l'égard de ce continent par eux et pour

236

eux perdu. Ils n'oubliaient pas, en outre, qu'il était fils d'agent de police, qu'une semblable hérédité ne se traîne sans doute pas comme un sac à dos vide, qu'il leur appartenait d'en amortir les retombées psychiques.

— O.K., on arrête, décida Camadule en repliant sa ligne sur son empiloir.

Debedeux lâcha, dès qu'ils eurent remballé les matériels de pêche et de collation :

— Avant de rentrer, faut qu'on passe chez Beaujol. On a des adieux à faire. La cave de Debedeux, elle est finie. En reste plus que deux flacons. Hier, on pensait se les bousculer, avec Beaujol, mais on s'est dit qu'on n'avait pas le droit moral de se les envoyer sans vous deux, que ça nous porterait malheur. Seulement, Adrien, faut pas exagérer! Si on les vide pas sur l'heure, je réponds plus de rien par la suite!

Camadule le remercia tout en secouant la tête avec mélancolie :

— Déjà finie, ta cave! Je la croyais éternelle, inépuisable...

— Un peu comme la jeunesse? ironisa Poulouc avec pourtant un zeste d'inquiétude dans la voix.

— Y a de ça, môme, vachement de ça! On tape dedans sans se biler et puis, sans crier gare, de but en blanc, merde, on voit le fond et c'est trop tard pour arranger le coup!...

Beaujol n'aimait pas du tout, mais alors pas du tout, ces philosophies malsaines de civils sortis du droit chemin de l'esprit télécommandé pour cause de défilés de la Nation à la République :

— Y a vraiment de quoi pleurer, les gaziers! On va se taper deux pieux de course, deux betteraves de luxe, et vous voilà barrés sur le temps qui passe comme un vol de mouches sur un camembert naze !

Ils entendirent ce langage tout de raison, entrèrent chez son auteur.

Debedeux et Beaujol, s'ennuyant l'un de l'autre dans des pièces séparées par une cloison, faisaient depuis longtemps chambre commune, moutons de même, et de plaisants remugles émanaient de leurs literies rarement retapées.

Les objets vivaient là en toute fantaisie, sinon en harmonie. Un blaireau encore gorgé de mousse desséchée voisinait avec une assiette de harengs marinés, un maillot de corps fraîchement lavé, suspendu à un fil, s'égouttait en toute innocence sur les « Mémoires de guerre » que Beaujol avait entrepris de rédiger, même qu'il souffrait tripes et boyaux pour achever la première page entamée depuis un bon mois.

— Pommard 47, Château-Trottevieille 55, annonça Debedeux rendu amer par le funeste dénouement de ce qu'il avait pris un peu à la légère pour la réplique joyeuse du tonneau des Danaïdes vigneronnes.

Camadule le consola :

— Je concède que c'est pas gai, mais Beaujol a pas tort, on va pas se les boire avec un bonnet de nuit. Après tout, qui c'est qui les a sifflées, les autres boutanches ? On doit tous avoir une part de responsabilité dans le cataclysme...

Émus, ils levèrent leurs verres à leur amitié.

— On en lichera plus du même, fit Debedeux.

— Savoir..., supposa l'optimiste Beaujol.

— Ça m'épaterait que la Sécurité sociale m'en envoie un casier pour fêter le premier anniversaire de mon lumbago... Non, les mecs, c'est pas de l'au revoir mes frères, c'est un adieu!...

Le vin, qui est moins âpre que la vie, leur fut une nouvelle fois miséricordieux, la leur fit voir soudain, encore et toujours sous ces couleurs espiègles qui ne sont pas les siennes. Au fond final de la seconde et ultime bouteille se trouvait la feuille verte que Camille Desmoulins s'épingla au revers dans les jardins du Palais-Royal en signal d'espérance. Poulouc se l'accrocha à son tour à la boutonnière :

— La cave de Debedeux est terminée, soit! Mais où était la cave de Debedeux? A la cave, comme toutes les caves! Qui me contredira si je suppute que de fabuleuses caves de nouveaux Debedeux encerclent la cave défunte de Debedeux?

— C'est pas honnête! protesta Captain Beaujol qui avait compris en un éclair les perspectives suspectes qu'ouvrait Poulouc à deux battants.

— C'est par malhonnêteté que j'avais empli la mienne, plaida Debedeux conquis par les idées subversives du jeune homme. Au Conseil d'administration de la « Bang-Bang Aéronautique », je m'élevais contre toute augmentation du salaire des ouvriers, quand il s'agissait d'établir un prix de revient. Toutes les caves pleines le sont de la sueur du travailleur!

— Y a des fois, rêvassa Camadule, y aura même des nuits sans lune où qu'on ira jusqu'à soutenir qu'il y a pas que du mauvais dans le socialisme...

Rejoignant le Café du Pauvre, à quelques encablures de leur fief, ils dressèrent la tête pour évaluer l'ampleur des dégâts que causait au secteur l'érection de la Tour-Prend-Garde à présent construite aux trois quarts. Son ombre immense de Fantômas de béton avait arraché la lumière aux maisons du quartier, les rejetait à la nuit, ce bien des humbles que distribuent, pour une fois sans compter, les tueurs au bulldozer, les princes de la concussion, de la dérogation, de l'expropriation, les empereurs sans visage, les voltigeurs du compte en Suisse, les maquignons des politiques, tous les implacables seigneurs de la fin des haricots.

— Faudrait savoir, rêvassa derechef Camadule, où qu'elles se tiennent, les caves des bons petits diables qui nous bâtissent cette drôlerie...

— Pas commode, fit Debedeux. Ils s'appellent tous sociétés et société. Pluriel et singulier.

— Ils boivent que du sang, alors? grogna Beaujol.

— Et des larmes! goguenarda Poulouc avant de s'élancer en courant vers le Café du Pauvre de toute la vitesse d'un adolescent surcompressé.

— C'est beau d'être jeune, s'attendrit Camadule.

— Faux, trancha Debedeux. On s'emmerde.

— Oui, mais on meurt pas.

— On meurt moins. A part ça, y a pas de différence.

Ils jouèrent au 4.21, déjeunèrent, rejouèrent au 4.21, burent de ce Beaujolais nouveau qui les maintenait très exactement euphoriques, en un menu bonheur qu'ils savaient calibrer au verre près, ne s'autorisant l' « overdose » que par exception ou par distraction. Ils n'étaient pas de ces buveurs tragiques parce que solitaires ou suicidaires à tempérament. Ils riaient, et si par malencontre l'un d'eux prenait le voile, les trois autres le ramenaient à la surface.

En avaient-ils vu passer, des zincs, au ralenti!
Pareils à des nuages. Semblables aux lèvres de la
femme irréelle, celle qui dit : « Je t'aime » sans se
lasser, sans qu'on s'en lasse, surtout. Les zincs
passaient mais leur revenaient propres, luisants,
tavelés comme la mer lunaire de la Sérénité,
familiers.

Ils avaient des pudeurs, Camadule, Debedeux,
Poulouc, Beaujol. Quand ils trinquaient « à l'amitié », ce n'était qu'en rigolant très fort, histoire
d'avaler l'étendue de la chose, l'énormité du senti-
ment. S'il leur arrivait parfois d'avouer l'inavouable
« je t'aime bien », de dire l'indicible « je vous aime
bien », c'était en piquant du nez dans le verre pour
qu'on ne les prît pas pour des folles.

En fin d'après-midi, Germaine, plus énervée
qu'une allumette cherchant à prendre feu sur une
savonnette, vint se camper tout à coup devant eux,
suspendant le cours sempiternel des dés :

— Je ne voudrais pas vous faire de peine, mais
elle en a, et ça m'en cause.

— Qui ça? s'effara Beaujol, le seul qui n'avait pas
saisi, pour ne pas varier ses habitudes militaires.

— Prunelle, pardi, espèce d'alcoolique!

Elle ne le traitait jamais ainsi. Il troqua l'effarement pour l'épouvante :

— Qu'est-ce qu'on a fait, Germaine?

— Rien, justement, rien! Depuis une semaine,
personne n'est allé dans sa chambre. Que moi. Et
ce n'est pas moi qu'elle réclame.

— Elle est... elle est..., bredouilla Debedeux ne
sachant guère quelle galante périphrase employer.

La mère de Prunelle n'hésita pas, elle :

— En chasse? Eh bien, je ne crois pas, c'est bien

241

ça qui m'inquiète. Elle ne roucoule plus. C'est autrement grave : elle pleure.

Debedeux se dressa, preux chevalier :

— Ah! ça, Germaine, c'est pas possible! Même quand elles m'emmerdaient, mes saucisses au curare, je pouvais pas supporter de les voir pleurnicher. Et elles le savaient, les monstrueuses! Toujours un Niagara de sanglots à portée de la paupière! Mais Prunelle, pauvre innocente, ce n'est pas pareil. Ça ne peut être que sincère et sans calcul, chez elle. Preuve qu'elle n'a pas toute sa tête. Jouez sans moi, j'y vais!

Il y alla. Gaston, de plus en plus rebondi, au point que ses yeux, dans sa face de ballon rouge, semblaient deux rétrécissements d'urètre, Gaston s'agita derrière son comptoir :

— C'est qu'elle vous a à la bonne, Prunelle, tous les quatre! Pendant que vous étiez à la campagne, jamais elle n'en a voulu, de Bricolo, de Ballamolles, de Travadja. Ont jamais pu la toucher. S'ils approchaient, c'était la crise de nerfs. Pour elle, c'est vous qui l'avez révélée aux joies de la bébête qui monte, qui monte, et elle l'oublie pas!

Germaine surenchérit, que chatouillait un poil de vague à l'âme :

— On est comme ça, nous autres femmes. Des sensitives. On l'oublie jamais, le premier, surtout quand ils sont quatre...

Poulouc, qui réfléchissait, s'adressa à Camadule :

— On peut apporter un élément à tes petites sciences-fictions de l'an 2000, pépère. Des handicapés mentaux, paraît qu'il y en a un million en ce moment. Suppose qu'on se mette à en fabriquer sans raison, si j'ose dire. Dans vingt, trente,

242

quarante piges, ils peuvent être vingt, trente ou quarante millions. Imagine un pays où les barjos seraient majoritaires, ça pourrait être curieux. Qu'est-ce que ça donnerait, s'ils commandaient en chef?

— Mon gars, les abrutis sont au pouvoir depuis toujours, on a vu les résultats. Autant carrément essayer les soi-disant follingues, ça peut pas être pire. Une chose qu'est sûre, c'est qu'ils bâtiraient pas de tours. Ils conduiraient pas d'autos. Pas d'armée, vu qu'ils seraient réformés. Ça serait l'âge d'or!

Poulouc fit, pour Lafrezique :

— Faudra que je fasse le portrait de Prunelle, pour mon expo.

— T'exposes? s'intéressa Camadule.

— C'est en voie, à cause du curé de maman. Elle lui a filé une de mes toiles contre un méchant paquet d'indulgences. Elle est peinarde pour un siècle après sa mort. Bref, le curé, qui est moderne et « in » à bloc, me prête la salle paroissiale pour mes « Nénettes à loilpé ». Il trouve que ça va rameuter de la clientèle pour un nouveau catholicisme. D'après lui, y a pas plus chrétien que l'érotisme, et que c'est des pionniers, les premiers martyrs d'une foi contemporaine, les prêtres qui tombent rue Saint-Denis comme à Gravelotte.

— Ça se défend, estima Camadule. Le péché, c'est dépassé par les motos. Faut croire avec son temps.

Ce fut un Debedeux sombre et soucieux qui les rejoignit peu après.

— Ça s'est bien passé? s'écria Germaine.

Debedeux bougonna :

— Pas bien du tout. Le petit chat est mort.

— Quel petit chat ? miaula Gaston.

— C'est du Molière. Ça veut dire, si ça peut vous être agréable, que Prunelle est sortie du tunnel où elle était pas si malheureuse, loin du monde. Elle est plus zinzin, votre fille ! Elle jouera plus aux billes ! Bientôt, elle quittera sa chambre et viendra nous servir au comptoir !

— Qu'est-ce que tu nous chantes là ?

— Au contraire, Adrien ! Je déchante ! On a des foutues vertus thérapeutiques, tous les quatre. On l'a commotionnée, Prunelle. On l'a pas emmenée au ciel de lit, la gosse, on l'a embarquée direction Lourdes, oui ! Miracle !

Il étendit les bras, lâcha, sublime, dans le silence :

— Elle m'a emmerdé ! Comme toutes ! Comme les autres ! L'Ève éternelle ressuscitée ! La garce qui renaît de ses cendres ! Je viens de revoir Sophie ! Denise ! La strychnine ! La mort-aux-rats ! L'ammanite phalloïde ! L'aspic ! Le scorpion ! La tarentule !

Hagard, il donnait du crâne contre les murs. Camadule le traîna jusqu'à la table, lui fit boire un verre :

— Explique-toi, on comprend rien.

Debedeux ricana, sarcastique :

— Tu vas piger : elle est jalouse.

— De qui ?

— De nous ! Des quatre ! Elle m'a emmerdé, mais elle va vous emmerder pareil, ayez pas peur ! Elle m'a demandé avec qui on couchait, si on l'aimait, pourquoi qu'on l'aimait plus, si on faisait pas des fois la courette à une plus jeune, à une plus belle, pourquoi que j'étais pas tendre, si elle était

244

jolie, bref, elle est normale, les gars, *normale*, NORMALE !

Poulouc murmura, tracassé :

— C'est bête. On n'aurait pas dû faire les choses aussi bien...

Debedeux haussa les épaules :

— Penses-tu ! Qu'on les saute en lisant *France-Soir* ou qu'elles grimpent après les rideaux en hurlant au paradis, elles s'en foutent ! Ce qui leur plaît, c'est de te dévorer la moelle épinière sur des toasts, de t'attacher aux radiateurs pour la vie. T'es le premier visé, d'ailleurs, toi.

— Moi ?

— T'es l'initiateur ! Ça se paie ! C'est toi qu'elle exige d'épouser parce qu'elle se doit tout entière à ta personne. Elle a de l'honneur, maintenant, Prunelle ! Tu seras son mari. Nous, Dieu merci, on vient qu'en seconde ligne, on sera les amants.

Germaine n'avait pas attendu que cesse ce flot de paroles désabusées pour grimper l'escalier. Elle était béate et sereine quand elle redescendit :

— Debedeux n'a pas rêvé. Elle va beaucoup mieux. Il y a de la sorcellerie là-dessous.

Debedeux joignit les mains, exaspéré :

— Non, Germaine ! Non ! Ne me parlez surtout pas de baguette magique !

— Pas de gros mots, Debedeux. Elle pourrait les comprendre, à présent. Et c'est vrai qu'elle veut se marier avec Poulouc.

Poulouc voyait mal un désastre quelconque ensevelir aussi promptement ses jeunes années :

— Y a pas presse. On en recausera. D'abord, Beaujol la voulait tellement, Prunelle, que je lui laisse la place !

245

Captain Beaujol se leva, très digne :

— Fallait vous décider avant, bondir sur l'occasion du siècle. Maintenant, c'est trop tard. Vous disiez ce matin que Beaujol faisait des mystères, eh bien, ce soir, Beaujol peut vous annoncer la grande nouvelle : Beaujol est fiancé!

Camadule barrit de douleur :

— On n'est peut-être plus louf, là-haut, mais en bas ça marche pas mal du tout! La dinguerie, ça serait pas des fois sujet à la pesanteur?

Beaujol le fit taire d'un geste olympien :

— Beaujol parle! Il a rencontré le bonheur!

— Où ça? rugit Camadule, au bordel?

— Du respect, Adrien, s'il te plaît! Pas au bordel du tout. Au foyer des immigrés...

Debedeux tressaillit :

— Parce que... t'allais... tu vas au foyer des immigrés? Toi? Toi?...

Beaujol murmura, gêné :

— Des fois... En douce, parce que les gens sont fumiers avec eux... Ça m'arrivait de leur porter du tabac. Des oranges, aussi. Du chocolat. C'est des hommes comme les autres, faut pas croire que c'est des bêtes, comme y en a qui le disent un peu en l'air... C'est là que j'ai connu Rahmah. Son mari qu'était dans le bâtiment venait de tomber d'un dixième étage. Elle veut bien de moi...

Camadule ferma un œil pour mieux comprendre :

— Rahmah... Rahmah... C'est pas un nom crouille, ça?

Mal à l'aise, mais vaillant, Beaujol répliqua :

— C'est un prénom arabe, en effet. Tu as quelque chose contre les Arabes, Adrien?

— Ah! moi, non!... Mais il me semblait... Il m'avait paru que tu les aimais pas...

— Je les aimais pas... Comme tu y vas, Adrien!... La guerre est finie, non?... C'est l'heure de la réconciliation, le moment est venu de panser nos blessures...

Il choisit de regarder Debedeux, qui lui serait plus humain, plus indulgent, moins brocardeur que Camadule :

— Naturellement, Paulo, ça change rien entre nous. Elle couchera à la cave, à côté du charbon. Et elle sera voilée pour pas qu'on me la pique, celle-là! Et une Arabe, ça reste à la maison à préparer le couscous, ça va pas se faire trombonner dans tous les coins comme les Françaises!

— Si tu te maries avec, elle sera française...

— Pas pareil! Y a quand même la race qui ressort. Et y a pas que du mauvais dans cette race, quoi qu'en bave ce pauvre vieux raciste, ce *fachiste* de Camadule!...

Camadule sourit :

— Eh bien, voilà, Debedeux. On va plus rester que deux célibataires dans la crémerie. Beaujol ramasse une ratonne...

Le Captain grimaça, au supplice :

— ... Une Arabe, Adrien! Sois pas vache! Une Arabe!

— Si tu veux. Beaujol prend une bique, Poulouc devient le gendre du Café du Pauvre, c'est pas des affreusetés, du moment qu'on reste ensemble. Pas vrai, môme?

Le jeune homme boudait, songeait à s'engager dans les zouaves ou dans la douane pour échapper au sort qui l'attendait. Debedeux s'entendait à dissiper les malaises. Il lança à Germaine :

— Dans le fond, faut pas s'emballer trop vite pour nos deux amoureux. Leur faut une période d'observation, de fiançailles. Prunelle, comme elle est pas encore sortie de sa chambre, on peut lui faire croire que c'est ça, le mariage, d'aller la voir là-haut une fois par semaine.

Germaine acquiesça d'un hochement de tête. Mère, elle ne désirait pas, en fin de compte, perdre déjà une enfançonne de trente-cinq ans. Il serait temps d'y songer plus sérieusement quand elle atteindrait quarante ans et que Poulouc serait un homme.

Poulouc se reprit à respirer, remercia Debedeux d'un battement de cils. Là-dessus, Captain Beaujol offrit à la ronde une volée d'apéritifs pour fêter sa félicité. On but sans vergogne à l'Algérie algérienne. Beaujol poussa l'effronterie jusqu'à vilipender les Massu, les Bigeard, la hardiesse jusqu'à louer les talents de Boumediene. L'amour, qui n'épargne rien, était passé sur lui tel un caterpillar.

Les Lafrezique remirent leur tournée, imités par les trois témoins des épousailles prochaines de l'ex-sergent-chef.

Après le dîner, ils se mirent en place pour une grande belote de l'amitié. Chanfrenier entra alors que Camadule battait les cartes, un Chanfrenier minable, blême, triste, et qui traînait les pieds, ayant perdu toute son outrecuidance.

— Qu'est-ce qu'il t'arrive, Métro-Pâlot, fit Camadule moqueur, ta bonne femme est morte? Ta télé est en panne?

— Rigole pas, Adrien, murmura Chanfrenier, y a que je suis arrêté.

— Par les flics? s'émut Debedeux.

L'employé du R.E.R., accablé, se laissa choir sur une chaise :

— Si c'était que ça! Je suis arrêté pour maladie...

Ils éclatèrent de rire, le criblèrent pêle-mêle de plaisanteries douteuses :

— Plagiaire! T'as copié sur mon lumbago!

— Ma parole, Métro-Connot, tu vas commencer à découvrir *in extremis* la vie!

— Tu serais pas tube, des fois? T'en as peut-être pour des années à tirer ta flemme?

— Pensez-vous! Il pique un macadam pour courir la lulu. C'est un poète, Chanfrenier! C'est des fleurs bleues qu'il a dans les narines, pas du persil!

Chanfrenier, les yeux humides de détresse, ne s'indignait même plus. Il se dégonfla en un souffle de son trop-plein de malheur :

— J'ai pas de pot. Paraît que c'est de la bronchite. Les toubibs, ça mérite pas de vivre, d'aller inventer des trucs pareils pour nuire au travailleur. A cause d'eux, je vais paumer ma prime d'exactitude. Ma prime de surveillance. Ma prime de bonne conduite. Un tas de primes! Moi qui devais faire l'Espagne l'été prochain!... Sans parler de ce que je vais pouvoir bien foutre à la maison! Je m'ennuie, moi, à la maison. Je tourne en rond. Je peux même pas refaire les peintures de la cuisine, je les ai faites la semaine dernière!...

Camadule, qui examinait son jeu avec attention, lui conseilla, excédé et grossier, d'aller se faire examiner par les Grecs plutôt que par les médecins et dit qu'outre des couleurs, cela lui fournirait une occupation pour le temps que vivent les roses.

Pendant qu'ils jouaient sans davantage se soucier de lui, Chanfrenier mortifié grommela entre ses dents des propos où revenaient les mots déplaisants d'inutiles, de parasites, de frivoles, de maraudeurs, voire de séditieux.

Germaine apporta aux beloteurs une bouteille de Beaujolais nouveau. Ils se servirent, burent chacun une modeste gorgée pour mieux se concentrer sur le dénouement imminent de la partie.

Tout à coup, Debedeux libéra son enthousiasme, plaqua sur le tapis une, puis deux, puis trois cartes en braillant :

— Et ce cœur qui est maître! Et celui-là! Et dix de der!

A cette seconde précise, sans qu'il fût besoin du plastic du groupe Saint-Georges (terrassant le dragon), la Tour-Prend-Garde s'effondra.

Camadule, Debedeux, Beaujol et Poulouc avaient ainsi vécu leur dernière journée, bu leur dernier verre de Beaujolais nouveau.

Le Café du Pauvre et tout le vieux quartier furent pulvérisés, effacés, anéantis.

La poussière mit une longue semaine à se dissiper.

On dénombra parmi les gravats trois cent douze morts selon les syndicats, cent vingt-quatre selon la préfecture de Police.

Des ministres vinrent s'incliner devant les cercueils des victimes et les caméras de la télévision.

On organisa des collectes dont le fruit s'égara quelque peu dans la nature.

Une enquête administrative établit un rapport qui prouva, quelques années plus tard, qu'aucune responsabilité n'était engagée dans une catastrophe tout à fait due au hasard qui fait si bien les choses.

De toute façon, les terrains de la Réserve étaient inclus dans un plan de rénovation. On n'eut donc pas à les raser, ce qui supprima de fastidieuses formalités et fit gagner des mois aux Instances régionales.

Sur la surface providentiellement libérée, il n'y eut plus jamais de gens libres. Plus jamais un seul mauvais esprit.

L'ordre régna enfin.

L'ordre sans lequel il n'est pas de société possible.

A l'emplacement du scandaleux Café du Pauvre, la municipalité aménagea un espace vert.

De pimpants écriteaux signalèrent aux habitants des nouvelles résidences qu'il n'était pas question, sous peine d'amende, de marcher sur la pelouse, encore moins de piétiner les plates-bandes.

Le Marais, janvier-février 1975.

DU MÊME AUTEUR

Essais

BRASSENS, Denoël

LE VÉLO, Julliard

LES PIEDS DANS L'EAU, Mercure de France

Album de photos

LES HALLES, LA FIN DE LA FÊTE, Duculot, photos de Martin Monestier.

Impression Bussière à Saint-Amand (Cher),
le 12 août 1985.
Dépôt légal : août 1985.
1ᵉʳ dépôt légal dans la collection : mars 1979.
Numéro d'imprimeur · 2121.

ISBN 2-07-037092-5./Imprimé en France.
Précédemment publié par les éditions Denoël
ISBN 2-207-22203-9